虛竹的人生哲學

武俠人生叢書序

全世界華人的共通語言——金庸武俠小說，世代不再只是文字想像，它早已幻爲千百個化身：漫畫、電玩、電視劇、電影、布袋戲……，不管是本尊抑或是分身，銷售率與收視率都相當可觀，儼然成爲一個新世紀的流行文化標記。

就出版的角度來看，從金庸武俠小說所延伸出來的各種議題，皆競相成爲出版的賣點，如金庸武俠小說世界中的愛情、武功、醫術、文化、藝術……等，都能受到讀者的歡迎，男女老少皆宜；當然，我們尚列了古龍、溫瑞安……等武林名家筆下的各知名小說人物供讀者玩賞、品味。

生智文化事業有限公司的相關企業「揚智文化事業股份有限公司」原有近三十本的「中國人生叢書」，擁有穩定的讀者群，在這樣的基礎上，生智文化特推出「武俠人生」系列叢書，爲求接續「中國人生叢書」的熱潮，一秉初衷，繼續爲讀者服務。

本系列叢書係以武俠小說主角人物爲主，一人一書；爲延續「中國人生叢書」的主題內容風格，「武俠人生叢書」乃以小說人物的「人生哲學」爲主軸，期能提供讀者不同的切入點，品評小說人物的恩怨情仇，唯寫法類似一般著名人物的評傳。同樣的小說，不一樣的閱讀方式，帶來的絕對是另一種新的樂趣。生智文化事業希望您可以在「武俠人生」裡盡情涵泳，在武俠小說與人生哲學之間來去自如，逐步打通任督二脈，使您的功力大增，屆時您將可盡情享受不那麼一般的人生況味！

誠所謂「快意任平生」！本系列叢書深論武俠人物的愛恨情仇等「人生哲學」，作者筆下可謂是感性、理性兼具，在這新世紀的流行文化出版潮流裡，爲男女老少消費群們，提供一個嚼之有味、回味再三的讀物。

生智編輯部　謹誌

自序

幼時生活在偏僻的山村，只有一些有頭無尾有尾無頭的破舊武俠小說可讀。一看，就上了癮，常常誤了上學，自然要挨無情的竹板子。手腫得高高的，眞有些怕了。但一看見「武俠」，又什麼都忘得乾乾淨淨。

成年後，我的「武俠熱」也就冷卻了。以後進大學讀書，老師幾乎不講武俠小說。輪到我也作老師的時候，「金庸熱」慢慢地流行起來。但是囿於過去的偏見，我主攻的文藝美學和中國二十世紀文學的研究，也沒有涉及武俠的創作。

開始讀金庸，是在八〇年代末的時候，他的作品以新的視野、新的境界、新的韻味，給了我一個新的啓示。本來一直想寫點什麼的，但因其他專題的研究壓得我喘不過氣來，還是沒有動筆。

孟樊先生約我寫的《虛竹的人生哲學》，可說是關於金庸探討的第一篇習作。寫作雖較辛苦，但得與「虛竹」朝夕相處，感受和體驗他的悲歡離合，又未嘗不是一件快事。

這裡想要說明的是，虛竹是一個佛教徒，因此我在書中不能不講些佛教的教義。而佛教教義是相當深奧的，要說得深入淺出，通俗易懂，實為不易。但在我是已經盡力了。

另外還想告訴讀者，虛竹不僅僅是一個佛教徒，他還有其他許許多多方面的生活和情感。只要是活生生的人，絕不會只是一種角色，任何人都無例外。

我希望讀者能喜歡我的書。讀完它如能得到一點點東西，吾願已足矣。

目錄

虛竹的人生哲學

緒論

虛竹是一個奇特而又普通、高尚而又平凡、單純而又複雜的人。一連串的巧遇，使他的經歷充滿了奇特性。他走下少室山後，就遇上了破解圍棋「珍瓏」的棋會。一批圍棋高手段譽、范百齡、慕容復、段延慶面對珍瓏難題都感到束手無策，後兩位還差點丟了性命。虛竹既救了段延慶，又解開了珍瓏難題，使許多人驚詫不已。

虛竹費了不少苦功練得的少林武功，竟然在舒舒服服的狀態中被人化掉了。又先後被動接受了三位高手的內力，被騙被逼學了一身絕技。別人渴求之極的東西，虛竹不僅不求，還極力抵制。他的高超武功，以及逍遙派掌門和靈鷲宮主人的名位，不是無求而得，而是無可奈何而得。這可說又是一奇。

虛竹最奇的，莫過於與西夏公主的結合了。「從天而降」的幸福，使虛竹覺得極樂世界就在身邊。西夏公主要父王發榜文招駙馬，天下許多英雄來了。在酒後的三問三答中，到場英雄句句斟酌，要討公主的喜歡。而本來無意作駙馬的虛竹卻實話實說，使在冰窖中「無名無相」的「夢姑」得以和他相識相會。這一巧遇不僅使眾人詫異，也出乎這一對情侶的意外。

虛竹的經歷是奇特的，而行爲是高尚的。

棋約之會上，棋藝不高的虛竹，出救段延慶的本身，就是超越了個人生死勝敗執著（而破解珍瓏的奧秘也正在這裡）的成功之舉。他從刀下搶出童姥的性命，也是如此，從不考慮後果如何嚴重，而只是憑著一顆慈悲心決定取捨進退。以後當童姥要虛竹幫她去殺宿敵李秋水的時候，他又嚴詞拒絕了。靈鷲宮中救段譽；少室山上援蕭峰，虛竹同樣沒有想過個人的安危。在那種危險時刻，只要稍稍想一想自己，勇氣就消失了。勇者無畏，畏者無勇。

名位、權力的耀眼光環，使許多人引領翹首，但在虛竹那裡卻無任何誘惑的色澤。逍遙派掌門人、靈鷲宮主人的位置，都是被人趕鴨子上架硬趕上去的。

在冰窖中，虛竹和「夢姑」靈與肉的全面碰撞、融合之後，他既將她視作一個平等的伴侶，更將她視爲一個夢幻、一個寓言、一個象徵，因此他才有了幾次喜劇性的誤會，有了漫漫的尋夢之旅。在虛竹的心目中，愛始終高於性，這是他的可貴處。

武藝高強的人，往往專橫跋扈，爲所欲爲。丁春秋有了些本事，就企圖殺師滅祖；鳩摩智偷學了絕技，就妄圖稱霸少林。虛竹得三大高手內力和童姥獨傳，武藝之高超，幾乎無人可與之匹敵。但是他的武藝和佛道、人道是統一的，他不是如鳩摩智那樣以藝損道，以藝廢道，而是以道馭藝，以藝體道。他失手打傷了烏老大，不僅任他辱罵，而且一再向他道歉；靈鷲宮中為消除群雄的誤解，他任由別人搜身；與鳩摩智、丁春秋交手，也是適可而止，並不想制人於死地。所有這些，都體現了他的藝和道的統一。這個世界上，不是誰的胳膊粗，誰就可以稱王稱霸，首先要講的還應是人道和佛道。

虛竹是高尚的，也是普通的、平凡的。

他救人時，勇猛如虎；而當救人後，又膽怯如鼠。他救出童姥之後的逃奔中，不就演出了一齣以「怕」字為主角的喜劇嗎？他也同樣知道珍惜自己的生命。

虛竹作為一個平凡的人，也有犯糊塗的時候。當打敗了丁春秋，丁氏門徒齊聲讚揚他的時候，在少林寺一向服從慣了的虛竹，也不禁飄飄然起來。這也難怪，誰會覺得好話刺耳呢？

他很在乎自己的「夢姑」，在心裡築起一個愛巢，養著、護著「無名無相」的她。他生怕他的把兄弟段譽讚美的王語嫣就是他的「夢姑」，又生怕對段譽有情的鍾靈也是他的「夢姑」。他雖不和段譽爭風吃醋，但疑心太重不也是普通人常有的毛病嗎？

我們不僅要從奇特和普通、高尚和平凡的統一來看虛竹，還要從多重角色、多元文化的統一來看虛竹。

說虛竹是一個佛教徒，或者說他是一個還俗的佛教徒是對的，但如說他僅是一個佛教徒那就片面了。佛教徒只是他的一種角色身分，除此以外他還有多重角色身分。虛竹如果只是佛教徒這一個角色，那作品本身也就不過是藉虛竹來闡釋佛法，而虛竹也就成了抽象的人、概念的人。這是不符合文本的實際的。整個作品雖有佛法的某種境界和背景，但虛竹的情人角色、兒子角色、把兄弟角色，其生動豐富的意蘊絕非任何佛法所能囊括。否則，那還有藝術嗎？任何成功的藝術，都只是包含著這樣或那樣的「理」與「法」，而絕非「理」與「法」的註解或闡釋，除非是那種拙劣的藝術。任何分析和評論，即使是深湛的分析和出色的評論，也只能道及作品的一個部分或一個側面。眞正優秀的作品是說不完、道不盡的。那說得完、道得盡的，絕非是優秀的、上乘的、出色的。這是在說及虛竹時，順便發出的一點議論。

虛竹的思想雖然主要是佛教的，但也接受了儒、道文化的影響，形成了多元一體的現象。在後面的分析中，我們只是爲了敘述的方便，指出那是佛家的，那是儒家的，那是道家的。其實，在一個人的身上是很難如此分割清楚的。我們每天要吃多種食物，經過幾個小時消化吸收之後，你能分清供給身體需要的營養，那是牛奶，那是雞蛋，那是豆腐，那是蔬菜嗎？顯然不能。多元文化對一個人的滋養也是如此，它們往往是相互滲透、相互交融，形成你中有我、我中有你的局面的。

多重角色和多重文化在虛竹身上的統一，也就形成了他的單純和複雜的統一。

說他單純，他一是世俗經驗極少，二是憨性十足，三是始終懷著慈悲之心，抱著普渡衆生之志，這是一種高尙的單純。

說他複雜，多重角色、多重文化在虛竹身上既是統一的，又是矛盾的，有時甚至形成了激烈的衝突。例如，出家人角色和戀人角色，即是不可相容不可兼得的。這種矛盾衝突到了白熱化程度的時候，虛竹甚至企圖用自殺的方法去解決。這不可謂矛盾不尖銳，衝突不激烈。在吃葷和吃素的問題上，矛盾也是很突出的。無意之中嚐了生平從未沾過的雞湯和肥肉，虛竹既感到「味道異常鮮美」，又認為自己「毀」在阿紫手裡。對待惡魔丁春秋，虛竹態度也是前後矛盾，從世俗的善惡觀來看，他認為非殺了他不可；但從佛理來看，給他種下了多片奇癢無比的「生死符」，又覺得懲罰太過了。

上述種種內在的矛盾衝突，反映了虛竹身上多重文化、多種角色的衝突，也是出家和還俗的衝突。正是這些矛盾衝突造成了虛竹世界的複雜性。當然這種複雜性又是和他的單純性聯繫在一起的。複雜中見單純，單純中顯複雜。

虛竹是說不完的。下面讓我們在虛竹的奇異風光中作一番遨遊罷！

虛竹的人生哲學

生平篇

童嬰入寺

父母之愛，天倫之情，我們的虛竹極少啜飲過。這裡包含著一個十分辛酸的悲劇故事。

虛竹原是少林方丈玄慈和葉二娘私通所生，玄慈為顧及自己的地位和聲名，沒有公開此事。

虛竹只跟母親一起生活。

不久發生了突然事故。姑蘇慕容博為挑起宋、遼武士的廝殺，以便從中漁利，實現復辟燕國的陰謀，便將遼國契丹人蕭遠山準備在其子蕭峰週歲時至外婆家赴宴的消息，惡意渲染為將率契丹武士前往少林寺劫奪武學寶藏的警訊。少林方丈玄慈不加分辨，信以為眞，率數十名漢族武士埋伏於蕭遠山赴宴途中。結果雙方傷亡慘重，蕭妻被害，蕭子也被摔得閉了氣。蕭遠山只道是妻兒俱亡，悲痛欲絕，便抱著他們跳崖自盡。下墜途中，忽聞蕭峰哭聲，又將其拋上崖來。蕭遠山也命不該絕，爲谷底大樹所擋，竟然無事。其後他隱居少林寺中，爲報亡妻奪子之恨，便實施復仇計畫。

首先，他將虛竹從葉二娘膝下搶來，放在少林寺菜園中，再由僧人將之撫養。他之所以這樣做，就是爲了報復玄慈，你使我父子不得團聚，我也要使你父子、母子不得相認。

這樣，虛竹便過早地失去了母愛的沐浴，而與少林寺結下了不解之緣。

妙解「珍瓏」

他第一次出現在讀者視線中的時候，已是二十五、六年紀的青年僧人了。此次下山，是受師父慧輪所囑送發「英雄帖」，恭請天下英雄駕臨少林寺，相會姑蘇慕容氏。路上，他先後遇到姑蘇慕容莊的鄧百川及少林寺的玄難等人，但隨後均爲星宿老怪丁春秋所制，被動地參與棋會之約。

作爲棋會焦點的「珍瓏」棋局，是圍棋的難題。尋常「珍瓏」少則十餘子，多則也不過四、五十子，但此一「珍瓏」卻有二百餘子，一盤棋下得已近完局，但勝負之數仍雲譎波詭、變幻萬端，極難駕馭。這並非兩人對弈出來的陣勢，而爲「逍遙派」祖師無崖子殫精竭慮窮三年之久方才布成的。爲何要設此棋局呢？這又要追溯到多年前之事。當時無崖子收有兩個弟子，一爲蘇星河，一爲丁春秋。後來丁春秋爲要獲得逍遙派的武功秘笈，心懷叵測學了幾門厲害之極的邪術，突將無崖子打入深谷（他以爲無崖子已命喪他手），並逼蘇星河從此緘默不語。無崖子大難不死，爲報此仇，布此「珍瓏」棋局，其意在尋覓天下聰明而又專心的高徒，授其畢生武學，以誅滅天良喪盡的丁春秋。而在具體的操作中，無崖子隱居幕後，蘇星河則亮相台前。

丁春秋挾持一行人來到棋會，既是向蘇星河尋釁，也是伺機向參與棋會的其他高手暗下毒手。精研圍棋數十年的范百齡、聰穎過人的慕容復，在弈棋過程中，均爲丁春秋的幻術所迷，險遭不測，幸爲蘇星河及段譽及時所救。內力深厚、棋藝甚高的段延慶本有破解「珍瓏」的希望，但弈棋似仍沿襲落敗者的舊路，虛竹怕他重蹈覆轍，曾出言提醒：「這一著只怕不行！」

以後段延慶下子越走越偏，以致到了難以挽救的地步，而丁春秋則有意利用段延慶的失誤，將其誘入毀滅的深淵。他用柔和動聽的語聲施以幻術：「倘若自知羞愧，不如圖個自盡，也算是英雄好漢的行徑，唉，唉！不如自盡了罷，不如自盡了罷！」段延慶一邊潛意識地跟隨丁春秋重複自盡的話語，一邊提起鐵杖一寸寸地慢慢向自己胸口死穴點去。

這一嚴重的情狀此刻變成了一面照徹人心的鏡子：玄難有心相救，但束手無策；蘇星河爲師父所立的遊戲規則所縛，不能伸出援救之手；慕容復、鳩摩智則懷幸災樂禍之心，靜觀其變；而只有南海鱷神最爲焦急，抓起虛竹便向段延慶擲去，但又被丁春秋一掌打回。南海鱷神只好將虛竹放下。這時，丁春秋再一次施用幻術催促段延慶自盡，段延慶雙目呆呆地凝視棋局，一面順從地應答，一面又將杖頭向胸口移近了兩寸。

危急！十分危急！危急既振動了虛竹的慈悲之心，也催發了他的靈感和智慧：「我解不開棋局，但搗亂一番，卻是容易，只須他心神一分，便有救了。既無棋局，何來勝敗？」於是快步向前，從棋盒中取來一枚白子，閉上眼睛，隨手放在棋局之上，在將自己的白子脹死一大片後，棋勢頓顯開朗。

正是這枚越出了慣性思維軌道的棋子撼動了整個棋局，重寫了勝負的棋勢。

絕大多數高手卻不理解，或用笑聲、或用歎息非議這一圍棋亙古未有之奇思。

循著段延慶的指點，虛竹在提去一大片白子後現出的空位落了第二子。眾人遲到了的欽佩驚訝之色，方才蕩漾開來。

從此，白棋衝出了重圍，闢出了騰挪自如的廣闊天地。迷霧重重困擾無數智者的「珍瓏」難題，終於雲開日出了。

虛竹的命運又一次發生了重大轉折。他在蘇星河指點下進入無崖子隱居的木屋。無崖子尋找接班人的標準是內外俱佳的全材，虛竹雖因其過於醜陋，不甚合他意，但能將他的棋局撞開，亦足見其福緣深厚，當下便強要虛竹拜他爲師，並不管其願意與否，將他七十餘年勤修苦練的內力傳付虛竹。傳功前，無崖子長鬚三尺無一根斑白，臉如冠玉沒半絲皺紋；傳功後，同一個無崖子已判若兩人，潔白俊美的臉上已是溝壑交錯，烏亮的美髯也已霜雪盡染。

生命即將走到盡頭。這時，無崖子將三十年來覓徒傳功的原委向虛竹闡明，並將一幅圖交給虛竹，要他憑此卷軸尋求一位武功高深的女子指點。無崖子雖擔心那女子因虛竹相貌不佳不肯教他，但又想她還不至於違背命令。最後，無崖子將作爲逍遙派掌門人標誌的寶石戒指套在虛竹手上，在「很好，很好……」的幾聲哈哈大笑中溘然長逝。

見此情景，虛竹隱隱而又深深地感到這老人對自己比什麼都更爲親近，他的生命一部分已交給了自己，變作了自己。失去親近者的悲痛，情不自禁地從心中流淌出來，化爲哀悼的淚水。

生命重鑄過的虛竹走出木屋之後，蘇星河和丁春秋二人正在摧運掌力推動火柱向對方燒去，而後者顯然已越來越占上風，火柱離前者已越來越近。突然，二十餘名漢子出現在蘇星河身前，以血肉之軀建起一道保護師父安全的屏障，演出了正義對抗邪惡的悲壯一幕。在火柱的燒炙下，大部分漢子獻出了自己的生命，其餘也已重傷倒地，火柱又向蘇星河步步緊逼。在這處境危殆萬分之時，虛竹不僅沒有後退一步，而且將手掌搭在蘇星河的背心，運用無崖子所傳之神功大大增加了他的功力，將火柱燒到丁春秋及其弟子身上，使其狼狽逃走。

蘇星河一瞥間見到虛竹手上的寶石戒指，已明其中究竟，便拉著他的手邀入木屋，將他扶住坐好後，即向他跪下磕頭。虛竹並不想當此派掌門人，口口聲聲唸道：「我是少林派弟子，不能改入別派。」蘇星河痛哭哀求也好，設喻開導也好，威嚇強逼也好，甚至使用自盡手段也好，虛竹總之軟硬不吃。蘇星河無法，只好搬出少林玄難大師的吩咐（叫虛竹聽蘇星河的話）來壓他，虛竹一時做聲不得，算是勉爲其難默認了暫作逍遙派掌門人的請求。

虛竹走出那一神秘的木屋後，即用蘇星河教給的多種療傷手法，爲被丁春秋、游坦之打傷的衆人一一施治。但不幸的是，蘇星河、玄難二人因中丁春秋「三笑逍遙散」之劇毒，相繼逝去了。既怕丁春秋加害，又不忍將其刺耳割舌而被蘇星河逐出師門的康廣陵等八人，懇求虛竹允許重歸師門。虛竹害怕他們糾纏不休，只好先行答允。這又使虛竹處於進退兩難的尷尬境地，逍遙派掌門人的名位，自己本不想要，卻又於此越陷越深。

奮救童姥

虛竹爲要擺脫逍遙派弟子，發足去追慧方等人，欲與之同返少林。少林，那才是他心之所繫的聖地。

在途中一家小店裡，從未沾過葷腥的他，受阿紫之騙，不知不覺中喝了雞湯、吃了肥肉，當時雖覺味道異常鮮美，但發覺後卻又叫苦不迭，認爲自己毀在阿紫手裡。這是他第一次破戒。

他還未走出店門，殺人不眨眼的丁春秋進來了，虛竹暗叫：「給星宿老怪捉到，我命休矣！」無計可施，只好躲入床底。不久慕容復進入店中與丁春秋進行了一場殊死的較量，虛竹更是嚇得魂不附體，以後乘機從後門溜了出去。他不識路，又無江湖閱歷，自經丁春秋和慕容復的一場惡鬥後，簡直成了驚弓之鳥，連飯店客棧也不敢進去，整天只在山野間亂闖。

就是這樣膽怯如鼠的虛竹，不久卻又勇決無比地完成了一樁驚天動地的救人之舉。

三十六洞洞主、七十二島島主，久受天山童姥的嚴厲管束。不少人身上，還被童姥種下了「生死符」。他們在忍無可忍之時，便聚謀反抗。烏老大等人先從縹緲峰靈鷲宮將一女童（以後方知是童姥）擒來，準備拿她祭刀，算是歃血爲盟，從此與縹緲峰勢不兩立、有進無退了。正當段譽大叫「使不得」之時，烏老大爲怕夜長夢多，橫來生事，便舉刀向女童砍去。突然間岩石後面躍出一個黑影，左掌將烏老大撞開，右手將那女童連袋負在背上疾奔山峰而去。這，便是慈悲心又一次大動的虛竹。正是佛之慈悲予他以果斷和勇武的力量。

但是，他也有害怕，尋思只有逃到隱僻之所，才能保住那女童和他的生命。哪裡樹密林深，便往哪裡鑽，自己也不知逃到哪裡才好。在逃奔中，虛竹忽然聽到背後有人不斷罵他「膽小鬼」、「狗才」、「鼠輩」、「小畜生」，他以爲後有高手追趕，腳下越奔越快。折騰了一陣，才知道是背上所負的女童說話。在女童的追問下，虛竹將破解「珍瓏」和身受神功的原委以及寶石戒指、美女圖畫的來歷一一給她解釋清楚，並再次表示不願作逍遙派掌門人，童姥也就乘機將七寶指環要了去。

追趕虛竹的烏老大等高手還是上來了，情況十分危急，女童要虛竹自去逃生，虛竹無論如何不肯，他說：「我豈是貪生負義之輩？不管怎樣，我總要盡心盡力救妳。當其不成，我陪妳一起死便了。」女童見他不走，便教他用松球回擊追敵。他意想不到這又輕又軟的松球，竟會連殺三人，重傷一人。見此情景，虛竹不由得呆了。他知道這是犯了佛門不得殺生的第一大戒，心中驚懼交集，渾身發抖，淚流不止。他走到受傷的烏老大面前，一面替他裹傷，一面真誠地向他道歉。

虛竹原以爲眼前的這個小姑娘姓童，哪知這「童」是孩童之童，是天山童姥之童。他想此人武功精湛，詭計多端，人人畏之如虎，這幾天他出力相助，眞是蠢笨之極，虛竹當下便欲離她而行。童姥一口將他喝住，先是感謝他的救命之恩，然後告訴虛竹，她練的功夫每三十年要返老還童一次。三十六歲返老還童花了三十天，六十六歲返老還童花了六十天，今年九十六歲返老還童得要九十天時光。在返老還童時間內功力全失，不僅要喝生血，而且需人呵護。童姥說，她願與他做樁生意，她將神功傳他，他則以此護法禦敵，這叫兩蒙其利。虛竹既不炫示自己有救命之恩，也願做什麼買賣。童姥無法，揚言要大破虛竹所遵奉的佛門第一大戒，當即命烏老大捕捉兩隻梅花鹿來，她要殺鹿喝血，並且要多殺畜生來出氣。虛竹事事以慈悲爲懷，見童姥如此，他也彷徨無計，只好留下跟她修習武功。

五、六日後，童姥擔心敵手追來，要虛竹負她轉移地點。途中遇童姥的同門師妹，也是生死情敵的李秋水追來。虛竹見李秋水說話溫柔斯文，不肯背童姥逃走。童姥只好亮出寶石指環，以逍遙派掌門人身分命李秋水跪下聽從吩咐。而李秋水則出手削下童姥戴有指環的拇指，虛竹在旁說了李秋水幾句，她則點穴將虛竹翻倒於地，繼而又斷了童姥的左腿，並欲進一步加以傷害。

脾氣向來甚好的虛竹，見此大怒：「這女施主忒也殘忍！」心情激蕩之中，體內眞氣迅速流轉衝開了被點的穴道。他來不及細想，急衝向前抱起童姥便往峰頂疾奔。李秋水在後緊緊追趕，但總相差五、六丈的距離。童姥擔心虛竹命喪李秋水的掌力之下，自己仍是落其手中，便要虛竹將她抛下山谷。

虛竹則堅決予以拒絕：「這個……萬萬不可。小僧決計不能……」說話中虛竹眞氣一洩，被李秋水追上給了背心一掌，身子不由自主飄起墮向山谷，雙手仍是緊緊抱著童姥。快到谷底時，慕容復使出家傳絕技將二人下墮之力轉直爲橫，落地間又恰巧落在一人的大肚皮上被彈了出去，衝向段譽。段譽轉過身來，以背相承，又向前奔出三十餘步，虛竹才從他背上滑落下來。眞是福大命大，經過三個轉折，竟毫髮未損。

童姥的神功還原還有七十九天。這七十九天藏到哪裡才安全？童姥從虛竹破解「珍瓏」棋局將己方棋子殺死一大片的第一妙著中得到啓示，那就是——置之死地而後生。她決定到西夏去，到李秋水的巢穴中去，到最兇險的地方去。虛竹一邊背負童姥西行，一邊修習童姥所教的功法，雖然並不情願。

冰窖之夢

虛竹背負童姥到了西夏，到了靈州，然後潛入皇宮，進入冰庫。冰庫中除了冰之外，就是防冰融化的棉花，再無他物了。覓食只有到外面去。童姥要殺生吃葷，虛竹於心不忍，堅持要回少林寺去，結果被童姥點了穴道，再無違抗的能力，他只好一面用「得失隨緣，心無增減」的佛語來自我安慰，一面又用「有求皆苦，無求乃樂」的經文來開引童姥。童姥是爭強好勝的人，雖被虛竹說得啞口無言，但並不服氣。一日童姥練功又要生飲鶴血，她不但不聽勸阻，反而扼住虛竹下頦的穴道，強將鶴血灌入他的口中。被迫茹毛飲血，虛竹實是又氣又急又苦。但他對童姥說，爲人逼迫，非出自願，就不算破戒。童姥以挑戰的口吻說：「好，咱們便試一試。」

誘惑來了。

香氣撲鼻的魚肉放在虛竹面前，童姥一面吃得津津有味，一面連聲讚美。餓得肚子咕咕叫的虛竹強自忍住，只管唸佛。

食的誘惑擋住了。色的誘惑呢？

睡夢之中，散著幽香、語音嬌嫩的一個裸體少女（爲童姥擄來）突然靠在胸前，二十四個年頭中只和三個女人談過話的虛竹驚呆了，聲音顫抖了……他在顯意識層次上待要起身相避，而在潛意識層次上雙手卻分別扶住了少女的肩頭和細腰。在天旋地轉中，兩人合成了一體，再也難以分開。當童姥從他的懷抱搶走少女時，虛竹情不自禁的叫道：「妳……妳別走，別走！」

童姥送少女回來後，對虛竹大大譏笑了一番：這次是你自己犯戒，還是被姥姥逼迫？

虛竹清醒了，悔恨和羞恥使他將頭猛向堅冰撞去。但這種清醒又何嘗不是一種糊塗。自戕性命乃是佛門大戒，他在憤激中又一次違了佛規。

他已經沒有了主意。一面他仍不免有些自責自怨，一面又不能不在思念中體味肌膚相親的少女的溫存，並在想像中描述少女的「端麗秀雅」。這不是誘惑和墮落，而是人性激情的召喚。這種召喚是眞正不可抗拒的。

第二日、第三日虛竹仍在不見天日的冰庫中與少女相會。在那一似眞似幻、似醒似夢的情景中，虛竹稱少女爲「夢姑」，少女叫虛竹爲「夢郎」。

第四日，童姥練功到了緊要關頭，半分鬆懈不得，因此不能外出。虛竹左等右等不見童姥將少女帶來，猶如熱鍋上的螞蟻，焦灼不安。繾綣不已的思念，使他重新體驗了生活的價值和意義。

化解仇怨

童姥以促成虛竹和夢姑相會爲條件，要虛竹再練一套高深功夫，以爲來日她和李秋水的死拚助一臂之力。

這個誘惑的確是炫目的。

虛竹斷然予以拒絕，理由很簡單——違背良心的事情他不幹。

童姥又使出了一個殺手鐗，給他種下了癢痛並作、長年難解的「生死符」，然後又教他化解「生死符」的功夫。童姥正是用這種手段，使虛竹學會了一種厲害之極的「天山六陽掌」。

李秋水終於發現了童姥的藏身之地，於是冰庫內發生了一場你死我活的惡鬥。在這場惡鬥中，虛竹一是不使任何一方占據上風，因爲任何一方占據上風，必將置對方於死地；二是兩邊勸和，要她們顧念同門之誼。但兩人怨毒已積累多年，且都心高氣傲，即使瀕臨死境，哪一個也不肯先行罷手。最後終於同歸於盡。

虛竹勉強接受了童姥的臨終囑託，答允做靈鷲宮的主人。

他所作的第一件事，就是如何處理童姥的仇敵李秋水的遺體問題。忠於童姥的靈鷲宮衆女子可能不但不願將其運回，而且可能毀屍洩憤。虛竹則有別一種胸懷，別一種境界，認爲兩人屬同門姊妹，彼此雖生前有仇，但死後仇怨已解，故建議一併運去安葬。

當虛竹來到縹緲峰時，反叛童姥的三十六洞洞主和七十二島島主已經攻入靈鷲宮的大廳，想獲取破解「生死符」的秘訣，但毫無所得。此時，衆人聚在一起，互受感應，「生死符」毒性似將集體爆發。

虛竹出面了。衆人對他雖多有誤解，但他終究以謙誠的態度、高超的武功和化解「生死符」的妙法折服了桀驁不馴的群豪，贏得了經久不息的歡呼。

但是靈鷲宮的女子提出了算帳的問題。各洞島主捉拿童姥、殘殺姊妹的罪行的確是深重的。這筆帳，如何算呢？

靈鷲宮女子梅劍提出：殺過人的要自斷左臂。虛竹覺得懲罰太重，但口裡只是囁嚅著「這個」「那個」，不置可否。幸喜段譽提出了名為懲罰罪責實為化解仇怨的條件：在童姥和死難姊妹靈前懺悔行禮，並永遠臣服靈鷲宮。這一化敵為友的條件，不僅使叛逆的群豪心悅誠服，也遂了虛竹化解仇怨的心願。

重返家園

恩恩怨怨了結之後，靈鷲宮設宴款待諸洞島英豪。虛竹和段譽同病相憐，惺惺相惜，從各自情人到佛法因緣，對飲談論不休。酒，越喝越痛快；話，越說越投機，雙方提議結為兄弟。他們結拜時，段譽說他的把兄喬峰眞是大英雄，如若三人結拜，實為平生快事。虛竹說咱二人先拜，日後尋到喬大哥，再拜一次便了。

待段譽和各洞島主分別下山之後，虛竹也作了返回少林的決定。少林是他的精神聖地，是他的心靈家園。

正當他向師父慧輪眞誠懺悔時，少林適有外人到來，虛竹被暫交到戒律院，由僧人緣根管理。緣根對犯戒僧人喜逞威風。虛竹甘心受罰，任其責打，即使被打得滿頭滿臉是血，也只是唸佛，臉上無絲毫不悅之色。

靈鷲宮梅蘭竹菊四姊妹聽說虛竹受苦，便將緣根打了幾頓，還以挖去眼珠爲威脅，逼他向虛竹道歉。虛竹爽快地原諒了緣根。

天竺（即今印度）佛門弟子、武學高手哲羅星與人動手受挫，便遣記憶奇佳的師弟波羅星來到少林，以求經爲名偷閱少林武學秘典，並學會了少林七十二項絕技中的三項武功。其行徑後被發現，爲免少林武功外傳對中土不利，少林寺將其拘留。

此次哲羅星會同五台山方丈神山上人等同來少林，一口咬定少林武功源自天竺，以此證明波羅星不曾偷閱過少林武學秘錄，要求放人。

此事還未解決，胡僧鳩摩智也來了。他自稱精通少林派七十二門絕技，當場使動的幾門功夫遠在少林高手之上。少林僧衆見此無不神色慘然，有的更捶胸痛哭。虛竹一旁卻看得清清楚楚，鳩摩智所使的拳法、掌法和指法，外表招式似爲少林武功，而其內功卻是道家的「小無相功」。少林方丈及千餘僧衆竟無一人發現，指斥其非。虛竹本想出面說明眞相，但他輩分低微的自卑感，以及從未當衆說過一句話的畏縮感，使已湧到口邊的話又縮了回去。

鳩摩智占了上風之後，仍步步進逼，先要少林寺從此散了，各奔前程，以免徒有虛名，後又打得玄渡大師胸口鮮血直噴。虛竹見狀，瞬間爲玄渡將血止住，並隨即揭明鳩摩智所使不是佛門武功。

玄慈方丈看到虛竹功力深厚足可與鳩摩智匹敵，便命他在少林寺存亡榮辱的關頭出去抵擋一陣。虛竹在與鳩摩智的拆招中，初始幾乎全爲守勢，後漸次轉爲四成攻勢。鳩摩智突然使用卑劣手段用匕首將虛竹刺傷，此時靈鷲宮四姊妹突將四柄長劍同時刺向鳩摩智咽喉，虛竹卻叫她們「休傷他性命」。鳩摩智反誣少林寺暗藏春色，倚多爲勝。

玄慈將鳩摩智等人安頓後，留下玄字輩老僧、慧輪、虛竹和靈鷲宮四女，準備處理虛竹犯戒的問題。四女小吵小鬧了一陣，即被少林高僧制服。虛竹將如何奉方丈之命下山投帖，到成爲靈鷲宮主人等等奇巧的經歷一五一十地交待出來，毫無避漏，連在冰窖內犯淫戒一事也吞吞吐吐地端了出來。虛竹說罷便向佛像五體投地稽首禮拜，他痛感自己的行爲敗壞了少林寺清譽，不由得痛哭失聲。

在如何處置虛竹的問題上，玄生認爲虛竹過失雖大，功勞亦不小，因此建議送他去達摩院精研武技，以後不得出來過問外務。玄寂則認爲虛竹學的是旁門武功，少林寺只怕再難容他。

虛竹垂淚相求，給他一條改過自新之路，無論何種責罰他都甘心領受，就是別把他趕出寺去。

衆老僧一時都拿不定主意：佛門於究凶極惡、執迷不悟者尚要點化，對迷途知返、自幼出家的本寺弟子，豈可絕了他的向善之路？但眼前有外人在此，若對虛竹責罰不嚴，怕又毀了少林寺清譽。

玄渡又出來說情，他說救他一命不算什麼，但此時將虛竹逐了出去，處理少林眼前的六件大事就難了。

但玄慈決心已定，他說當依正道行事，寧爲玉碎，不作瓦全，少林即使一時受挫，也不致永無復興之日。他請來鳩摩智、神山、道清、哲羅星等一干人，向他們宣布了少林寺的決定。

虛竹自幼在少林長大，現在被逐，也就失去了安身立命之地，他不由得悲從心來，伏地而哭，痛向諸前輩懺悔，深感有負教誨。玄慈對他懇切勸誡：佛門廣大，何處不可安身？即使不再出家爲僧，在家居士（指沒有正式剃度出家，在俗而皈依佛門者）只須勤修六度（由生死此岸渡人到涅槃彼岸的六種途徑和方法，是大乘佛教修習的主要內容。布施列爲六度之首，體現了大慈大悲、濟渡衆生的道德原則）萬行，亦可證道成佛。

正當虛竹準備接受因犯戒而罰責一百棍，另加代師所罰的三十棍時，群雄突然前來拜山。原來新任丐幫幫主莊聚賢與全冠清共謀，欲憑武功擊敗少林群僧，於是便以立中原武林盟主爲名，大撒英雄帖，廣聯群英同赴少室山。

四面八方英豪來到後，蕭峰（即喬峰）率「燕雲十八騎」也趕到了。他是爲阿紫而來的。他聽說阿紫雙目爲人弄瞎，陷落丐幫。當丐幫新幫主赴少林寺後，他也隨即追來。絕未想到的是，聚賢莊上所結下的許多冤家對頭聚集一起圍攻蕭峰，意欲置之死地而後快。首先上來挑戰的是慕容復、游坦之（即莊聚賢）和丁春秋。蕭峰於三招之間逼退三大高手，豪氣勃興，大呼「拿酒來」。虛竹也和段譽一樣，爲他的豪興所激，毅然加入了共禦敵手、生死與共的行列，並與蕭峰舉行義結金蘭的補拜儀式。結果三人分別戰勝了對手，顯示了三人等聯手大於三的力量。

痛失雙親

戰罷敵手，虛竹向少林方丈和戒律院首座恭領出寺前的杖責。執法僧人捋起虛竹僧衣準備舉棍時，四大惡人之一的葉二娘突然發現虛竹腰背之間燒有香疤，隨後又得知虛竹兩股上也各有九點香疤時，她認出了失散二十四年的兒子，虛竹也叫出了久想而又無從叫的一聲「娘」。這是感天動地的一聲呼喚。

就在母子相認、相擁而泣的時刻，蕭峰之父蕭遠山爲報家破人亡、父子不得團聚之恨，不顧葉二娘的跪求哀告，不僅揭出少林寺方丈玄慈當年率領中土武士伏擊蕭遠山一家的眞相，而且挑明虛竹就是玄慈和葉二娘私生的兒子。

母親和父親日日夜夜的掛念，使虛竹整個的身心受到了從未有過的震動，溫馨、苦澀、悲痛一起湧來。

玄慈不能不面對事實，不能不承擔責任。他在主持了對虛竹出寺的杖責之後，又主持了對己加倍的杖責，他要用無私的重刑洗去他塗抹在少林寺的恥辱。受刑之後，玄慈又自絕經脈，以常人少有的英雄氣概笑迎死亡。接著葉二娘亦在玄慈身旁殉情而逝。

虛竹忙運真氣相救，但已回天無力。二十四年日盼夜想的父母之愛、天倫之樂，竟如此來也匆匆，去也匆匆，幼時母親給他的肌膚烙過香疤，現在是誰給他的心靈烙下了永難癒合的傷疤呢？

西夏之旅

正當生死對立的各方（如蕭遠山和慕容博）凝神聆聽無名老僧佛法的點化和陶冶，紛擾的少室山變得靜寂的時候，鳩摩智卻乘機將段譽打傷，蕭峰將其救下山去，安頓在他已逝的義父義母家裡。虛竹聽說此事，到處尋找蕭峰，探問段譽的傷勢。三兄弟又相聚了。

虛竹看見鍾靈姑娘對段譽一往情深，他又想起了他永遠的夢姑。此時，西夏國王發布榜文，邀請天下豪傑表演武功，選其優者招爲駙馬。虛竹對於招駙馬一事並不在意，只是想他是在西夏靈州皇宮冰窖中和夢姑相會的，夢姑此刻說不定尙在靈州。到西夏去，此刻是他唯一的企望。

好在段譽也提出要到西夏走一走，趕一趕四方豪傑群集靈州的熱鬧。蕭峰的心思此時也想到了一起，他想中原豪傑都得罪完了，與結交的兩個兄弟多聚幾日，亦爲人生一大快事。三兄弟如此同聲相應，同氣相求，眞爲難得。

到了西夏皇宮，宮女向應邀前來的諸豪傑提出三個相同的問題請教。當問到虛竹時，虛竹特別申明「絕不是來求親的，不過陪著我三弟來而已」。不是求親的，也要回答三問。庭院深深，公主找到了日盼夜思的「夢郎」；萬里迢迢，虛竹尋到了魂牽夢繞的「夢姑」。

以後虛竹率領靈鷲宮屬下諸女以及三十六洞、七十二島的異士，與各路英雄赴遼，救援因反對遼帝侵宋而被迫害的蕭峰，接著又在遼軍大舉犯宋的千軍萬馬中與段譽一起擒住遼帝。蕭峰迫遼帝折箭爲誓：終其一生，不許遼軍一兵一卒侵犯大宋邊界。

蕭峰迫使遼軍退兵的大仁大義之舉與他的忠君觀念構成了尖銳的對立，在難以兩全的內心衝突中運箭自殺。

虛竹和段譽放聲大哭，拜倒於地。

阿紫抱著蕭峰的遺體，跳入山谷。

虛竹和段譽等群豪向谷口拜了幾拜，翻山越嶺而去。

虛竹的人生哲學

性情篇

憨性十足

虛竹給人印象最深的，就是他的憨性。憨迂、憨直、憨實、憨誠、憨拙……。這個「憨」字是單純而又豐富的。

商務印書館印行的《現代漢語詞典》關於「憨」字的釋義有兩條：一、傻，癡呆；二、樸實，天眞。虛竹的性情與這兩條均有關。從第一條來看，他的確有些傻，但他的傻不是智慧低下的傻，而是性情不夠圓通的那種意義的傻；他的呆也不是反應遲鈍、表情死板的呆，而是不合時宜、不符時俗的呆頭呆腦的呆。詞典關於「憨」字釋義的第二條，放在虛竹身上也是相當貼切的，他的樸實和天眞除與他的性情、感情和人生觀相聯繫外，也與少林寺相對艱苦和封閉的生活環境相關。

我們看待虛竹之憨性的時候，他的傻、他的呆與他的樸實、天眞是相互包含和相互滲透的，是你中有我、我中有你，如把這兩方面割裂開來，那麼任何一方面都不能構成他的憨性，顯示他的憨性。所以，他的憨性不僅僅是傻和呆，也不僅僅是樸實和天眞，而是兩方面的有機結合。當然，這種結合不是一半對一半，而是因時因地因情因境的相異而呈現爲各種不同的憨性。

他的第一次出場，就是憨性型態之一的憨迂的演出。當然，他的演出是眞誠的，出自內心的，而沒有絲毫做作的成分。

奉少林寺師父吩咐，他下山送發英雄帖。走得口渴後到涼亭喝水。這一日常小而又小的事情，也有不同於他人的儀式，恭恭敬敬地唸完咒後方始喝水。

公冶乾問他嘰哩咕嚕唸的什麼，他說：「小僧唸的是飲水咒。佛說每一碗水中，有八萬四千條小蟲，出家人戒殺，因此要唸了飲水咒，這才喝得。」公冶乾又問他，「你唸了咒後將小蟲喝入肚中，小蟲就不死了？」虛竹躊躇了，說是師父沒教過，他猜想多半小蟲便不死了。

接著，喜歡與人抬槓的包不同戲謔他說：「非也，非也！小蟲還是要死的。不過小師父唸咒後，喝一碗水也就超度了八萬四千名衆生（衆生，包括人和動物），眞是功德無量！」

虛竹聽傻了，雙手捧著那碗水呆呆出神，喃喃地說：「小僧萬萬沒有這麼大的法力。」

包不同接過他的水碗瞪目凝視一番，煞有其事的說：「小師父，這碗水中的小蟲你數多了一條。」

虛竹說：「施主是凡夫，怎能有天眼的神通？」包不同說：「我看你有天眼通，不然你只看了我一眼，便知我是凡夫俗子，不是菩薩下凡？」

虛竹眞是何等的憨迂，對包不同左看右看，露出滿臉迷惘。

包不同並未就此放過虛竹，繼續賣弄他的調侃才能。當鄧百川向虛竹逐一介紹了他們一行四人後，虛竹也逐一向四人合十行禮，極爲憨誠地口稱：「鄧施主、公施主……」包不同一聽，機會又來了，打斷他的話說：「非也，非也。我二哥複姓公冶，你叫他公施主，那就錯之極矣。」憨厚而又憨迂的虛竹只好又忙陪禮說：「得罪，得罪！小僧毫無學問，公冶施主莫怪。包施主……」包不同又一次截住他的話頭，振振有詞地說：「你又錯了。我雖姓包，但生平對和尚尼姑是向來不布施的，因此絕不能稱我包施主。」虛竹只好再次認錯，說：「是，是。包三爺，風四爺。」包不同又在字眼上翻跟頭、作文章，說：「你又錯了。我風四弟待會兒跟你打架，不管誰輸誰贏，你多了一番閱歷，武功必有長進，他可不是向你布施了嗎？」虛竹又只好按包不同的挑剔，改了對風波惡的稱謂說：「是，是。風施主……」。

在稱謂上，包不同極盡調謔之能事。除「公施主」將複姓誤爲單姓外，其他的稱謂並無什麼錯誤。他稱包不同爲包施主又有何不可。施主的稱謂有寬窄之分，後者指向寺廟施捨財物、飲食的世俗信徒，前者則爲僧人對一般世俗人士的尊稱，沒有施捨什麼的人，不是信徒的人，僧人也可對之稱爲施主。至於說什麼待會兒風波惡和虛竹比武，可使虛竹多一番閱歷，要虛竹將風波惡的稱謂由「風四爺」改爲「風施主」，這完全是強詞奪理。

在人物的稱謂上，包不同幾次三番有意找岔，而虛竹似乎並沒有意識到這一點，被人一次又一次的牽著鼻子走，這種缺乏世俗經驗，再加之性情質樸的憨迂，既有些可笑，更有些可愛。

虛竹的憨迂不只一次地顯示出來。當他從烏老大的刀下救出童姥時，童姥似爲八、九歲的女童，待她練功數日後，已經出落成十六、七歲的少女了，童姥爲要避開同門姊妹又是生死仇敵李秋水的追擊，要虛竹背她到頂峰上去。背一背八、九歲的女孩子倒沒什麼關係，但要背一個面色嬌豔、眼波盈盈的大姑娘，虛竹則連說：「不可！不可」，拔腳就跑。童姥急著叫他回來，虛竹算是讓了一步，只肯拿著她的手逃。童姥發火了：「你這人迂腐之極，半點也無圓通之意。」聽了這話，虛竹一驚，心想：「金剛經有云：『凡所有相，皆是虛妄。』她是小姑娘也罷，大姑娘也罷，都是虛妄之相。」才肯轉回來背她，這裡可見他的迂腐之至。

前面說過，虛竹憨性的表現型態是豐富多彩的。他的憨性有時偏於憨迂的一面，有時又偏於憨誠的一面。例如他爲哈大霸解除生死符，就是如此。

三十六洞和七十二島各路英豪反叛靈鷲宮，意在獲取破解生死符之法。但當他們攻入靈鷲宮大廳後，才得知童姥已逝，而靈鷲宮諸姊妹又均不知童姥秘笈所藏之處。於焦躁失望中，衆人隱隱感到身上的生死符有發作的徵兆。先是一個胖子的生死符發作，虛竹運用一股陽和的內力鎮住了他體內的寒毒。不久，一個叫哈大霸的也如野獸一般咆哮起來，雙眼紅通通的，亂撕自己胸口的衣服，並又翻轉雙手往自己的兩隻眼睛挖去。在這緊急時刻，虛竹先將他拍得近似虛脫，又在幾處穴道上化去了他的寒冰生死符。

哈大霸揮拳踢腿大喜若狂，突然撲翻在地，砰砰砰地向虛竹磕頭，虛竹一見忙跪下還禮，也砰砰砰的向他磕頭。哈大霸大聲道：「恩公快快請起，你向我磕頭，可真是折殺了小人了。」他爲表示感激之意，又多磕了幾個頭。虛竹見他如此，當下又磕頭還禮。

兩人趴在地下，你來我往磕頭不休，演出了一個長時間對磕的儀式。哈大霸不停的向虛竹磕頭感謝救命之恩，這是理應如此的，而虛竹卻不以恩人自居，對哈大霸的磕謝想不出什麼方式對待，只好也不停的向哈大霸磕頭。這除顯示了虛竹的憨迂之外，又更多地顯示了他的憨直和憨誠。

虛竹的憨直和憨誠，既說明他心地坦蕩，胸無城府，也說明他性情天眞，幾乎不向任何人設防。

被人前面牽、後面趕勉強登上了靈鷲宮主人的位置之後，虛竹並不貪戀一呼百應的權勢，而是執意要回到少林寺去，只要不被趕出佛門，任何懲罰不僅可以接受，而且樂於接受。正是抱著這樣憨誠的態度，虛竹大步流星趕回到自己的家園。

一進山門，見了自己的師父慧輪，他就準備將自己所犯戒律之事竹筒倒豆子似的說出來，但剛開了一個頭，就被召集慧字輩諸僧的鐘聲訊號打斷，師父叫他先到戒律院去領罪。

虛竹違反戒律種種之事，既無人作證，更無人揭發，而是自己主動要說要懺悔，所以到了戒律院之後，緣根問他，他也毫無隱瞞。戒律院僧人緣根，並非從少林寺出家，他資質平庸，愛對犯戒僧人大耍威風，他見虛竹犯戒甚多，嚐過葷腥和男女的滋味，心中妒忌之火便熊熊燃燒。於是，不僅給虛竹戴上鐐銬，而且毒打至幾百幾千鞭。虛竹雖知他這是作威作福，但也覺得懲罰越重，身上的罪孽也消釋越多。這是何等的一種憨直和憨誠！而這又是他的崇高信仰堅不可摧的確證。對此我們不應有絲毫的揶揄，而應捧奉衷心的敬意。

憨直和憨誠雖給虛竹帶來了常人難以忍受的皮肉之苦，但也給他帶來了一種可貴的人生幸福。這也可說是憨人自有憨福。西夏國王招選駙馬，虛竹和蕭峰、段譽同去。當宮女以三個問題問他時，他的回答在出人意外中顯現了憨誠之至的性情。

「先生平時在什麼地方最是快樂？」

「在一片黑暗的冰窖之中。」

「先生生平最愛之人，叫什麼名字。」

「唉！我……我不知道那位姑娘叫什麼名字。」

「不知那位姑娘的姓名，那也不是奇事，當年孝子董永見到天上仙女下凡，並不知她的姓名底細，就愛上了她。虛竹子先生，這位姑娘的容貌定然是美麗非凡了。」

「她的容貌如何我也從來沒有看見過。」

其他客人回答三問時，大都要斟酌一番，而虛竹則是怎樣就怎樣回答，雖然在回答過程中有人大聲嘲笑，認為他是個大傻瓜。但是，他的憨誠終於得到了寶貴的回報——「夢郎」和「夢姑」各自找到了自己的另一半，在時空中合成了一體。

虛竹的憨性除了顯現爲憨迂、憨直、憨誠之外，還常常顯現爲言詞的憨拙。無崖子將他七十餘年的功力傳給虛竹，並要他作逍遙派的掌門人，虛竹並未眞正的答應。無崖子逝後，其弟子蘇星河進一步請他出任掌門人。無論蘇星河用眼淚哀求也好，用智慧開導也好，用威嚇強逼也好，虛竹總之是一個不字。蘇星河無法可施，在傷心絕望之餘，使出自殺的最後手段，一躍而起，腳上頭下地俯衝下來。虛竹將他一把抱住，當然不許他自盡。

蘇星河靈機一動說，我答應不自盡，就是遵從你這個掌門人的命令。你終於答應做本派的掌門人了。

虛竹搖頭說：「我沒有答允。我哪裡答允過了？」

蘇星河哈哈一笑說：「你已向我發號施令，我已遵從你的號令，從此再也不敢自盡。」

虛竹說：「我不是……叫你如何如何。」

蘇星河說：「你若不是掌門人，又怎能隨便叫我死，叫我活？」

虛竹辯他不過，說：「既是如此，剛才的話，就算我說錯了，我取消就是。」

蘇星河說：「你取消不許我自盡的號令，那便是叫我自盡了。遵命，我即刻自盡就是。」說著他又照原樣俯衝下來。

虛竹又是一把將他抱緊，說：「使不得，使不得！我並非叫你自盡。」蘇星河說：「我謹遵掌門人的號令，不自盡了。」

虛竹無論是說「不許他自盡」的話也好，還是說「取消不許他自盡」的話也好，口齒伶俐、句句搶先的蘇星河都要將他捆綁到掌門人的位置上，令言詞憨拙的虛竹動彈不得。

如果說人生是一個舞台，每個人都是演員的話，那麼有著憨迂、憨誠、憨拙之性的虛竹便是本色演員，他怎麼想也就怎麼說怎麼做。如果說他也戴有人格面具，但他的人格面具和人格自我是統一的。

人格面具，本義是演員扮演某一角色而戴的面具。在榮格心理學中，人格面具的作用與此相類似，是一個人公開展示的一面，是內在心靈的外部形象。這個外部形象既可與內部心靈相一致，也可與內在心靈不一致。虛竹憨性的可貴就在於，他的人格面具和內在心靈是統一的。因此，他是一個透明度很高的人，觀其外就可知其內，察其表即可曉其裡。而有些人如慕容復、鳩摩智，他們心裡想的和謀劃的需要保密，需要偽裝，因此要用漂亮的人格面具將眞實的自我層層包裹、重重遮掩起來。口是心非、口蜜腹劍就是這些人的特徵。這和虛竹是一個鮮明的對比。

謙虛平和

與憨迂、憨誠和憨拙有著聯繫但又有著區別的謙和本性，是虛竹性情的另一個重要特徵。

虛竹性情之和，也是有著豐富意蘊的。他的和，是性格憨樸的平和、言詞的溫和、態度的謙和（至於他的以和爲貴之和，我們將在「處事篇」述及）。

虛竹散發英雄帖遇到慕容復手下的四人時，他先是遭到包不同的奚落，後又遇到風波惡的挑釁。風波惡聽說虛竹是少林寺的僧人，執意要和他過招。虛竹退了兩步，說：「小僧曾練過幾年功夫，只是爲健身之用，打架是打不來的。」風波惡說：「小師父下得山來，定是一流好手。來，來！咱們說好只拆一百招，誰輸誰贏，毫不相干。」虛竹又退了兩步，說：「師父說了千萬不可跟人動武。施主武功了得，就請收了這張英雄帖罷。」鄧百川聽虛竹說到「英雄帖」三字，取來帖子一看，接著向虛竹說：「少林派召開英雄大會，原來是要跟姑蘇慕容氏爲難……」那風波惡叫道：「妙極，妙極。我此刻來領教少林派高手的身手便是。」虛竹又退了兩步，一隻腳已踏在涼亭之外。

在這個一進一退的場面中，風波惡步步緊逼，虛竹一退、再退、三退。正是這一三退才凸現了他的謙和、謙讓的特色。

一個人本領低微的時候，可能是謙和的；而一旦有了高強的本領、超群的武藝，則可能變得傲慢了，形成前恭後倨的巨大反差。而虛竹卻不是這樣，他在接受無崖子七十餘年深厚的功力後，本領較前陡增了許多倍，而他一以貫之的謙和與謙恭並未失去原有的色澤。

在蘇星河與丁春秋的決戰中，前方的功力不如後者，熊熊的火柱正向他追逼而來。一直站在蘇星河身後不動的虛竹見蘇星河危殆萬分，搶上前去抓住他的後心，叫道：「徒死無益，快快讓開罷！」卻不料虛竹這一抓，竟將深厚的內力傳輸給他。這一點虛竹自己也不知道。蘇星河得此一助，力道登時大增，一掌推出即將火柱倒捲過去，燒到了丁春秋的身上。

事後，虛竹卻對蘇星河說：「幸虧前輩苦苦忍耐，養精蓄銳，直到最後關頭，才實施奇擊，使這星宿老怪虧輸而去。」蘇星河連連搖手說：「師弟，這就是你的不是了，明明是你用師尊所傳的神功轉而助我，才救了我的性命，怎麼你又謙遜不認？」虛竹大奇，說：「我幾時助過你了？救命之事，更是無從談起。」蘇星河想了一想，說：「總而言之，你手掌在我背心上一搭，本門神功傳了過來，方能使我反敗爲勝。」虛竹說：「唔，原來如此。那是你師父救了你性命，不是我救的。」蘇星河說：「我說這是師尊假你之手救我，你總得認了罷。」這時虛竹已感不可再推，只得點頭說：「這個順水人情，既然你叫我非認不可，我就認了。」

明明是自己救了人，卻要想方設法推脫救人之恩，最後逼得無路可走了，才勉強承認這是別人假手於他救人。虛竹在靈鷲宮打通了鈞天部諸女子被封的穴道後，衆女驚喜交集，紛紛向虛竹答謝。虛竹拱手答謝說：「不敢，不敢！在下何德何能，敢承各位道謝？相救各位的另有其人，只不過是假手在下而已。」他的潛台詞是說，他的武功得自無崖子、童姥和李秋水等三位師長，實則是他們出手救了你們。

這裡顯示的，不是作爲交際手段的謙和，而是出於本然之性的謙和。謙和如果僅僅作爲一種手段，那麼就可能是一種策略，一種使人喪失警惕的伎倆，一種包藏禍心的蜜糖。

在複雜的生活中，作爲手段的謙和與作爲本性自然流露的謙和，有時是難以分辨的。難以分辨，有的是因爲經驗的缺乏，有的根本就不懂得人之本性的謙和爲何物，因而以小人之心度君子之腹，例如，慕容復等數人就是如此。慕容復之所以隨各洞島主上縹緲峰，原想樹恩示惠助他們一臂之力，日後再將這些草澤異人收爲己用。但是這些人歸順的關鍵，是童姥種在他們身上的生死符能否破解的問題。他對此毫無作爲，自然不能起到籠絡人心的作用。而虛竹解除生死符不僅已在兩人身上收到顯著的成效，而且眞誠地應允為其他人逐一施治。在這種情況下，慕容復再待在靈鷲宮不僅毫無意義，而且與虛竹相比也大為遜色，因此他自覺沒趣，不能不走。虛竹不了解慕容復的花花腸子，卻對他竭誠挽留，說對他仰慕得緊，想向他領教。這實是心虔意誠的謙和。而慕容復屬下的包不同因虛竹所揣的美女圖像與王語嫣極為相似，便說虛竹留慕容復是假，留王語嫣是眞；包不同還說，虛竹逼迫幾百名婦女做他的妻妾情婦還不滿足，又打起他家王姑娘的主意。言詞憨拙的虛竹不知如何解釋，「我……我……我……」急得說不清楚。見包不同加誣虛竹，已受虛竹之惠的烏老大和哈大霸此時舉起兵器向包不同撲來，這更增加了慕容復對虛竹的誤會，他認為虛竹已得群豪相擁，若是混戰起來必然兇險無比，因此他再次向虛竹告辭。虛竹忙道：「公子慢走，絕不……不是這個意思……我……」慕容復雙眉一挺，朗聲道：「閣下是否自負天下無敵，要指點幾招麼？」虛竹連連搖手，「不……不敢……」慕容復道：「在下不速而至，來得冒昧，閣下眞的非留下咱們不可麼？」虛竹搖頭說：「不……不是……是的……唉！」

慕容復等人把虛竹憨誠之至的謙和當成居心叵測的計謀，這說明人與人的溝通有時比人與動物的溝通還要困難。虛竹在與慕容復的對話中，最後一聲輕輕的歎息，此刻不能不顯得無比沈重。

拘謹膽怯

在長輩、高手面前，虛竹性情中又有拘謹膽怯的一面。

拘謹，就是言語和行爲過分的謹慎，該說的不敢說，該做的不敢做。在棋約之會上，段延慶和蘇星河對奕。虛竹在旁觀棋，他見段延慶的一著正是慕容復下過的。慕容復就是從此走下去，左衝右突始終殺不出重圍，在焦急之中欲拔劍自刎，要不是段譽出手相救，早就一命嗚呼了。虛竹看見段延慶重蹈覆轍，於是出言提醒：「這一著只怕不行！」

虛竹對圍棋雖說不上精通，但也不是全無功底，他提醒段延慶是對的，但他又轉念一想：「以我的棋術，又怎能指點別人？」虛竹的這種想法，的確是過於拘謹了。

在少室山上，遠道而來的胡僧鳩摩智自稱精通少林武功七十二門絕技，他的這種炫耀一是企圖說明七十二門絕技非少林自創，不是少林自創的自然人人可學可傳，而以偷學少林絕技爲名扣留西竺僧人波羅星，也就沒有道理了，少林寺非放人不可；二是自恃武功遠勝於寺中的高僧，他口吐狂言說：「以小僧之見，少林寺不妨從此散了。」這就是要以一人之力將少林寺挑了，於己可名垂千古，於他的吐番國也少了中原武林的一座重鎭。

但是他所炫示的所謂少林絕技，不過是以道家之學的「小無相功」爲基礎，使動般若掌、摩訶掌、大金剛拳等招數罷了。換言之，表面上是佛門的少林絕技，骨子裡卻是道家的內功，這雖非魚目混珠，但也是指鹿爲馬。

這一點，深得「小無相功」奧秘的虛竹看得清清楚楚，但是他沒有說。

當時的形勢急轉直下，鳩摩智耀武揚威，不可一世，而衆僧盡皆悲怒沮喪，無可奈何，少林寺的氣數就此終結了嗎？虛竹在當時森嚴肅穆的氛圍中，話到口邊又不禁縮了回去。拘謹的性格把他想說的話也拘禁了。

我們不能過多地指責虛竹，二十多年了，他在寺中從未當衆說過一句話。不是他不想說話，他每日見到的不是師父、師叔伯，便是師伯祖、師叔祖等等長輩；即使同輩之中，年紀比他大、武功比他強的師兄弟也是比比皆是，不計其數，哪裡有他說話的資格和權力。中國封建社會是一個宗法等級森嚴的社會，每一個人的地位和價値都是規定好了的，不得任意挪動。寺廟並不是與社會相隔絕的淨土，森嚴的等級關係也長期壓抑著虛竹，使他養成服從慣了的潛意識心理，和一言一行甚爲拘謹的性情。當然，一個人性情特徵的形成，不僅與他的環境有關，與他的氣質特點也很有關係。虛竹的氣質類型，基本上屬於內傾型。內傾型的人，容易形成拘謹的性格。

虛竹的性情除拘謹外，還有膽怯的一面，在棋約之會上，他見段延慶在與蘇星河對陣中陷入絕境，隨意取了一子放在棋局之上，殺死了自己的一大片棋子，蘇星河要他再下，虛竹認爲自己棋藝低劣，請老前輩原諒，蘇星河大聲喝道：「下棋便下棋，多說更有何用？我師父是給你胡亂消遣的麼？」說著右手一揮，推出一掌，砰的一聲巨響，眼前塵土飛揚，虛竹身前立時現出一個大坑。

虛竹嚇得心中怦怦亂跳，舉眼向師伯祖玄難瞧去，盼他出頭相救。但玄難並不出言替自己解圍，他陷入彷徨失措之中。

應該說這是一種正常心理。蘇星河擊掌威嚇，當時武功低微的虛竹見此害怕是自然的；棋藝不高，又無人相助，產生徬徨無主的心情也於情理不悖。

虛竹膽怯的表現還更有甚者。在一家飯店之中，他聽見星宿派弟子來了，害怕再給星宿老怪丁春秋捉去，已得無崖子七十餘年功力的他，竟然鑽到床下躲起來，後來慕容復也進了小飯店，與丁春秋進行了一場驚心動魄的劇鬥，虛竹更是嚇得魂不附體，乘著慕容復脫身、丁春秋出門去追的時機，立刻從後門溜了出去。

這一次魂不附體的畏懼，是情有可原的。虛竹雖有無崖子的功力，但他並不知道這種功力的深淺，是否可以達到與丁春秋抗衡的程度。

虛竹從烏老大刀下救出童姥後，將其負在背上奔逃，背後的聲音對他的莫名驚嚇，更是持久而強烈，具有喜劇性的效果，此例因已歸入另一節論述，這裡就不再贅述了。

畏懼，是對於強手的畏懼，是感到自己的安全、自己的生命受到威脅的畏懼，又有誰不重視自己的安全，不珍重自己的生命呢?因此，虛竹的畏懼是可以理解的。

當然，他沒有因畏懼而出賣自己的良心，放逐佛門的信仰，背棄普渡衆生的追求。可以說，虛竹的畏懼不僅沒有使讀者小覷他，而且覺得他更親近，也更可愛，何況他的畏懼中還夾帶著富有生活氣息的喜劇性呢。

剛正不阿

具有謙和之性且拘謹膽怯的虛竹，非常容易與人相處，但又不是那種風吹兩邊倒徇私迎合的人。

虛竹在冰窖與「夢姑」恩愛纏綿三天之後，第四天童姥再沒將她帶來。虛竹神情焦灼，坐立不安，強忍了好一會兒才提到那姑娘的事。童姥說：「今日你別跟我說話，明日再問。」好容易挨到了第五天，虛竹剛開口叫了一聲「前輩」，童姥知道他的心事，便說：「你想知道那姑娘是誰，有何難處？便是你想日日夜夜和她相聚，再不分離，那也是易事……」這當然說到了虛竹的心坎上，他說：「晚輩不知如何報答才是。」

童姥見虛竹如此對姑娘傾心，一步步要將虛竹引入她所設計的圈套之中。她說，她和李秋水即將開始一場生死決鬥，本來她是穩操勝券的，但她因斷了一條腿，眞氣大受損傷，萬一她死在李秋水的手裡，沒法帶那姑娘來，那也是天意，無可奈何。接著童姥將球拋給了虛竹，製作了一個欲言又止的懸念：「除非……除非……」虛竹不知她葫蘆裡賣的什麼藥，心中怦怦亂跳，問道：「除非怎樣？」童姥道：「除非你能助我一臂之力。」虛竹推託說：「晚輩武功低微，又能幫得了什麼？」

童姥的底牌終於亮出來了。她要教虛竹一套「天山六陽掌」功夫，待她和李秋水鬥到緊急當口，虛竹只要使出這套掌法，李秋水就非輸不可。

但是虛竹不肯助童姥殺人，他說，那是大違良心的。

童姥又以休想再見那姑娘一面相要挾，虛竹說：「要晚輩爲了一己歡娛，卻去損傷人命，此事絕難從命。就算此生此世再也難見那位姑娘，也是前生注定的因果。」

情愛是珍貴的，但人生還有比情愛更珍貴的東西。

童姥只知道虛竹謙和好說話，卻不知道他是外和內剛的人，在大是大非上，絕非施以小惠就可上當就範的人。

軟的一手不行，又來了一身硬的。童姥大怒之中叫虛竹滾出去，虛竹怕童姥再點穴道，轉身飛奔而上，但離開不多遠，就被童姥種了九張生死符。生死符入體後，奇癢劇痛，而且漸漸深入，不到一頓飯的功夫，連五臟六腑也又癢又痛起來。這是無比毒辣的刑罰。

童姥得意地說：「你想生死符『生死』兩字，是什麼意思？這會兒懂得了吧？」虛竹心中知道那是「求生不得，求死不能」之意，但他除了呻吟之外，再也沒有說話的力氣。童姥又說：「你救過姥姥的性命，天山童姥恩怨分明，有賞有罰……姥姥在你身上種下生死符，那是罰，可是又給你除去，那是賞。」

在這個時候，虛竹的頭腦還是清楚的，呻吟說：「咱們把話說明在先，妳若以此要挾，要我幹那……幹那傷天害理之事，我……寧死不……不……不……不……」這裡虛竹不是因木訥而口吃，而是因生死符毒性發作痛得口吃，以致「寧死不屈」的「屈」字始終沒有說出來。即使處於如此要生不能、要死不得的境地，虛竹仍強調不能以此要挾，要他去幹那傷天害理之事。利誘也好，刑逼也好，都不能改變他的剛正不阿之性。

虛竹從靈鷲宮返回少林寺後，他向方丈懺悔了犯戒的種種之事，自感「背棄本門」「罰不勝罰」，在發自內心的痛哭中，他「只求我佛慈悲，方丈慈悲」，能寬恕他的罪孽，而一旦玄慈在權宜利害得失之後，作出了逐他出寺的決定，虛竹也知此事難以挽回，哭泣求告，都是枉然，他想：「人人都以本寺清譽為重，我自作自受，絕不可在外人之前露出畏縮乞憐之態，教人小覷了少林寺的和尚。」這種剛強堅毅的態度，使他能經得起人生的重大挫折，而不致一蹶不振。

自尊自愛

謙和而又剛毅的虛竹，有其難得的自尊。

虛竹的相貌是不敢恭維的：濃眉大眼雖有幾分英雄氣概，但鼻孔上翻，雙耳招風，的確顯得難看。佛家說人的身子是個「臭皮囊」，在少林寺的那種環境裡，虛竹對這個臭皮囊長得好看不好看，平時沒有關注。

無崖子看見虛竹後，就說虛竹「是個相貌好生醜陋的小和尚」。「相貌醜陋」，這還是虛竹生平第一次聽見的評價，對此他並不在意。

但無崖子對此，卻相當在意。這是有原因的，他原想找個李秋水喜歡的既聰穎又俊俏的青年去跟她修習武功，他將虛竹看了半天，歎了口氣說：「你能破解我的棋局，聰明才智，自是非同小可，但相貌如此，卻終究不行，唉，難得很。我瞧終究是白費心思，反而枉送了你的性命。小師父，我送一份禮物給你，你便去罷！」

虛竹聽他的口氣，顯然是有重大難事而又無人相助為憂，便對他說，老前輩的棋局不是他拆解的，但若老前輩有難事要辦，也願勉力而為。至於禮物，可不敢受賜。

無崖子除讚揚他的俠義心腸外，對他的長相又不住的搖頭，說：「你既能來到這裡，那便是有緣。只不過……只不過……你相貌太難看。」

對無崖子的歧視性態度，虛竹微微一笑，作了不卑不亢的回答：「相貌美醜，乃無始以來業報所聚，不但自己做不得主，連父母也做不得主。小僧貌醜，令前輩不快，這就告辭了。」說著退了兩步。無崖子還是留住了虛竹，笑著說：「年輕人有這等傲氣，那也很好。」虛竹說：「小僧不敢狂妄驕傲，只是怕讓老前輩生氣，還是及早告退的好。」

自尊，不是狂妄驕傲，而是對自身人格的維護和肯定，因此不能容許別人的歧視和侮辱。虛竹正是因為維護了自己不可踐踏的自尊，才贏得了無崖子的尊重。

在虛竹的生涯中，他的自尊還經歷了更大的考驗。

三十六洞洞主、七十二島島主的大部分人，身上被童姥種有毒性甚烈的生死符。他們攻入靈鷲宮後，才得知童姥已逝，找尋破解生死符的解藥和秘笈又毫無所獲。

焦點集中到童姥臨終遺言上來了。虛竹向詢問此事的群豪說：「童姥去世前，她老人家說，『不是她，不是她，哈哈，哈哈，哈！』大笑三聲，就此斷氣了。」但群豪主觀認定，遺言一定和生死符有關，誰掌握了童姥遺言，誰也就掌握了破解生死符的秘訣，掌握了身上種了生死符的群豪的命運。正是出於這一考慮，有「劍神」之稱的卓不凡擋開了其他英豪，向童姥遺言唯一的見證人虛竹說：「小兄弟，童姥臨死之時，除了說『不是她』以及大笑三聲之外，還說了什麼？」

虛竹突然滿臉通紅，神色忸怩，原來他想起童姥說過「你將那幅畫拿來，讓我親手撕個稀爛，我再無掛心之事，便可指點你去尋那夢中姑娘的途徑。」誰知童姥突然去世，那位夢姑的蹤跡又無他人知曉，只怕今生今世再也難以相見了。這種個人的隱私怎能向別人道及呢？

卓不凡見他神色有異，只道他心中隱藏著與生死符有關的重大機密，便和顏悅色對他說，說出來不但不難爲你，並且有大大的好處給你。

虛竹連耳根子也紅了，搖頭道：「這件事，我是萬萬……萬萬不能說的。」卓不凡道：「爲什麼不能說？」虛竹道：「此事說來……說來……唉！總而言之，我不能說，你便殺了我，我也不說。」殺了他也不說，這是何等堅定的態度。

卓不凡見虛竹神氣十分堅決，突然間將一張八仙桌用長劍劃成了整整齊齊的九塊，高超無比的劍術贏得了全大廳雷鳴般的喝彩聲。卓不凡長劍一抖，向虛竹道：「小兄弟，我這幾招劍法，便傳了你如何？」

群豪中有人指出，卓不凡並未身受生死符的荼毒，他之所以要獲取破解生死符的秘訣，目的乃在於挾制諸洞島兄弟，所以群豪都要虛竹將童姥遺言當衆說出來，否則將他亂刀分屍。此時，卓不凡長劍抖動，嗡嗡作響，說：「小兄弟不用害怕，你在我身邊，瞧有誰能動了你一根寒毛？童姥的遺言，你只能跟我一個人說，若有第三個人知道，我的劍法便不能傳你了。」

虛竹搖頭道：「童姥的遺言，只和我一個人有關，跟另外一個人也有關，但跟各位實在沒半點關係。再說，不管怎樣，我是決計不說的。你的劍法雖好，我也不想學。」虛竹語氣平和，意志卻甚堅決。

儘管卓不凡對虛竹恩威並施，但虛竹依然全力護衛著自己心中的秘密，護衛著對「夢姑」的聖潔的情感，衛護著自己的人格尊嚴。虛竹雖然性格坦誠，胸無城府，但並不意味著什麼都可對人說，個人的隱私也可對人說。虛竹對與他人無半點關係的個人問題、個人隱私，在利誘和威脅面前能做到隻字不說、滴水不露，實在是不容易的。這是他的自尊人格的突出顯現。

維護人的尊嚴，維護人格尊嚴的自尊，和尊重別人也是統一的。不尊重別人的人，必然得不到別人的尊重。因此自尊不是自負，不是頤指氣使、飛揚跋扈。在這一點上，虛竹是做得不錯的。

三十六洞、七十二島的英豪，在虛竹應允為他們拔除生死符之毒後，甘心領受段譽定的三條罰章，其中的第三條就是永遠臣服靈鷲宮，不得再生異心。應該說，他們已是虛竹的屬下了，但虛竹對他們說話，仍然非常尊重他們的人格。這從虛竹對他們提出兩條要求（一是不要和少林派僧俗弟子爲難，二是不可隨意傷人殺人）之前的開場白中就可見出，他說：「我年輕識淺，只不過承童姥指點幾手武功，『尊主』什麼的，眞是愧不敢當。我有兩點意思，這個……這個……也不知道對不對，大膽說了出來，這個……請各位前輩琢磨琢磨。」

虛竹尊重別人，不能簡單地認爲只是說話言語客氣些，說話方式平和些，尊重別人是把別人當人看，以心換心，以心交心。虛竹作爲靈鷲宮之主尊重屬下，自然也就得到了他們的尊重和擁戴。後來虛竹去遼國援救蕭峰，三十六洞和七十二島的諸異士就緊隨其後，從無二心。

自尊，也非自我欣賞、自我陶醉的洋洋得意，虛竹一般沒有這種毛病，他的自我評價向來較低，什麼「武功低微」、「識見淺下」等等帽子，經常自覺自願地扣在自己的頭上，並不覺有什麼不愜意的地方。但他作爲一個活生生的人，也有一時糊塗的時候，例如當他在少室山戰勝丁春秋後，善於見風使舵、阿諛逢迎的丁氏門徒，馬上將「星宿老仙頌」，改爲「靈鷲主人贊」，沒有見過世面、向爲人下的虛竹雖爲人質樸，但聽到丁氏門徒狂熱的頌贊，也情不自禁的有些飄飄然起來。喜歡聽好話，不喜歡聽壞話，這是人性固有的弱點，還只有二十幾歲的虛竹是在所難免的。

自尊，也不是文過飾非，不敢面對和正視自己的失誤和缺點。虛竹在這方面的表現，應該說是相當可愛的。

這事還要從玄難和幾位僧人中了丁春秋的毒手說起。蘇星河出於好心，告訴虛竹如何施治的方法，虛竹也試演無誤。但這時虛竹見蘇星河臉上露出頗爲詭秘的微笑，似乎有點不懷好意，便問他爲何發笑？蘇星河頓時肅然，恭敬的躬身道，小兄不敢嬉笑。接著，虛竹給人療傷，一人一掌，就使諸人解除了痛楚。但給玄難療傷時，虛竹手掌剛碰到玄難的腦門，玄難扭動了幾下便死了。這時蘇星河抓起玄難的手脈，皺眉說：「玄難大師功力已失，在旁人暗算下，全無抵禦之力，竟爾圓寂了。」突然間他又微微一笑，神色古怪。

虛竹腦中一片混亂，想起蘇星河在木屋中詭秘的笑容，怒道：「聰辯先生，你從實說來，到底我師伯祖如何會死？這不是你有意陷害麼？」

蘇星河雙膝跪地進行解釋，話未說完，臉上又現出詭秘之極的笑容。蘇氏門徒見此，忙取出解毒丸塞入蘇星河口中，但蘇星河早已氣絕。

原來這又是丁春秋的罪過。丁春秋見自己在珍瓏棋會上的詭計沒有得逞，便潛入木屋，分別以內力將「三笑消魂散」彈向蘇星河與虛竹，後又以此加害玄難。虛竹得了無崖子七十餘年神功，丁春秋施在他身上的劇毒都反激出來，無意加於蘇星河身上了。中毒之人初時臉上現出古怪的笑容，但中毒者自己卻不知道，笑到第三笑，便即氣絕身亡。

虛竹知上述情況後，對蘇氏門人低頭懺悔說：「說也慚愧，尊師中毒之初，臉上出現古怪笑容，我以小人之心，妄加猜度，還道尊師不懷善意，倘若當時便即坦誠問他，尊師立加救治，便不致到這步田地了。」檢討自己的過失，於自尊毫無損害。因為自尊是尊重自己的人格，而非尊重自己的過失和錯誤。一個人一旦改正了自己的過錯，彌補了自己的缺失，他的自尊也就會得到他人出自衷心的尊重。

英雄豪氣

虛竹作爲一個好漢，自有他的豪氣。英雄豪氣是陽剛之性的突出體現。

段譽在靈鷲宮爲虛竹訂了三條罰章，最終解決了靈鷲宮和諸洞島的仇怨之後，虛竹對段譽十分感謝，接著二人攜手入座，各自沈浸在對情人的思慕之中，思慕不得，便你引一句《金剛經》，我引一段《法華經》，自寬自慰，自傷自歎，酒藉情越飲越多，情憑酒越說越濃。

以前段譽和蕭峰在無錫城初識賭酒，他是以內功將酒水從指甲中逼出，此刻借酒澆愁卻是眞飲，他酒醉心明對虛竹說道：「仁兄，我有一位結義金蘭的兄長，姓喬名峰，此人當眞是大英雄，眞豪傑，武功酒量，無雙無對。仁兄若是遇見，必然也愛慕喜歡，只可惜他不在此處，否則咱三人結拜爲兄弟，共盡意氣之歡，實是平生快事。」

虛竹從不喝酒，因有精湛的內功作底子，這才連盡數斗不醉，但究竟喝得過多，心中飄飄盪盪，說話舌頭也大了。因久居人下養成拘謹膽小性格的虛竹，此時心中久蟄潛意識層次的豪氣，爲此情此境的酒興陡然激發，說道：「段公子若是……那個……不是……不是瞧不起我，咱二人便先結拜起來，日後見到喬大哥，再拜一次便了。」

二人敘了年紀，虛竹大了三歲，在段譽跪拜時，虛竹急忙還禮，腳下一軟，向前直摔。

段譽見虛竹摔跌，忙伸手相扶，但步履踉蹌，站立不穩。各自瞧見對方一副狼狽相，引起兩人哈哈大笑，互相摟抱，滾跌在地。段譽道：「二哥，小弟沒醉，咱倆再來喝他一百杯！」虛竹道：「小兄自當陪三弟喝個痛快。」醉了的人，從來是不言醉的。

虛竹從不飲酒，但是一喝就喝得那麼多，眞有惺惺惜惺惺，好漢愛好漢的豪爽之情。他向來拘謹膽小，但拘謹膽小的人並非沒有豪氣，只是爲拘謹膽小緊緊包裹不得顯現而已。而一旦有了時機，處於潛意識深處的豪氣就會衝破拘謹膽小的外殼噴湧而出。結友縹緲峰，暢飲靈鷲宮，是虛竹性情的一次重大發展和自由的解放。

少室山上，酒與英雄又一次的二重奏，將虛竹的豪氣表現得更爲酣暢淋漓。

這要從蕭峰說起。蕭峰重回中原，只盼忽施突擊，將阿紫救歸南京（今北京），故所帶人馬不多，只有「燕雲十八騎」。他絕未料到的是，昔日聚賢莊一戰結怨的各路英雄也來到了少室山，眞謂不是冤家不聚頭。蕭峰之所以與各路英雄結怨，原因有三：一是聚賢莊一戰死傷者的親友要復仇；二是蕭峰爲契丹人，漢與遼素有民族隔閡與仇恨；三是有人挑撥，許多人存有對蕭峰的誤解。另外，三大高手丁春秋、游坦之和慕容復雖與蕭峰沒有仇怨，但由於他們有一己之打算，也加入了圍攻蕭峰數千人的行列。

以十九人對數千人，寡不敵衆，險惡萬分！這時段譽大聲道：「今日大哥有難，兄弟焉能苟且偷生？」

蕭峰三招之間，逼退了三大高手的攻擊，豪氣勃發，大聲道：「拿酒來！」

這時在少林群僧中，毅然決然地走出一名灰衣僧人，朗聲說道：「大哥，三弟，你們喝酒，怎麼不來叫我？」生死不渝的友情，無視對手的豪爽氣概，高度濃縮在這兩三句話中了。

這就是虛竹！

虛竹的豪氣是將一切棄之不顧的豪氣，是重俠義、重然諾，輕安危、輕生死的豪氣。

這一重一輕使蕭峰大爲感動，當即跪倒，說道：「兄弟，蕭某得能結交你這等英雄，歡喜得緊。」兩人就在天下英雄前，在生死戰場上義結金蘭，相對拜了八拜。

蕭峰將盛酒的皮袋遞給虛竹。虛竹胸中熱血如沸，哪管他什麼佛法的五戒七戒八戒，提起皮袋便喝了一口，交給段譽。段譽喝了一口後，交給一名契丹武士。衆武士一起舉袋痛飲烈酒。

這是一幅酒與英雄相激相盪的壯麗的圖畫。酒因英雄而香溢四方，英雄因酒而雄姿勃發。

嫉惡如仇，也是虛竹豪氣的另一種表現。

星宿老怪丁春秋用劇毒之藥害死了少林寺的玄難，又害死了逍遙派的蘇星河。蘇氏門徒康廣陵對虛竹說：「報仇誅奸，全憑掌門師叔主持大計。」虛竹雖未見過什麼世面，但心中只想：「非爲師伯祖復仇不可，非爲聰辯先生復仇不可，非爲屋中的老人復仇不可！」他心裡這樣想，口中也大聲叫了起來：「非殺丁春秋……丁春秋這惡人……惡賊施主不可。」他心情激動，再加之性格憨拙，言語不能完全反映他心中對丁春秋的仇恨，所以話說得也不連貫，這正是虛竹式豪氣的表現特徵。他對丁春秋的稱呼，先只有「丁春秋」三個字，似不足以表示他的憤懣；第二次稱呼在「丁春秋」後加了「這惡人」，激憤之情表達了一些，但仍不滿足；第三次稱呼乾脆甩掉了「丁春秋」的名字，以示嫌惡之極，並且又將第二次稱呼中的「惡人」改爲「惡賊」，這說明丁春秋失去了人的資格，成了「賊」，並且是「惡賊」。在「惡賊」之後之所以加上施主稱謂，首先是因爲虛竹身爲虔誠的佛教信徒，叫施主叫慣了。虛竹稱丁春秋爲「惡賊施主」，除表示對丁春秋痛恨之極外，也流露出對丁春秋的一絲幻想，缺乏鋤惡務盡的態度，這與他的人生觀有關，對此問題後文將加以分析。

虛竹豪氣勃發，在生擒遼帝中達到了登峰造極的地步。

遼帝耶律洪基率十萬大軍征宋，直向雁門關撲來。援救蕭峰的各路英豪在蕭峰脫險後被大宋守軍阻於雁門關前不能入內。是生存還是死亡，危同累卵。

作品是這樣描述遼帝出陣威風凜凜的氣勢的：「過得半晌，猛聽得遼軍陣中鼓角聲大作，千軍萬馬如波浪般向兩側分開，八面黃金大旗迎風招展，八名騎士執著馳出陣來。八面黃旗之後，一隊隊長矛手、刀斧手，弓箭手、盾牌手疾奔而前，分列兩旁，接著是十名錦袍鐵甲的大將簇擁著耶律洪基出陣。遼軍大呼：『萬歲，萬歲，萬萬歲！』聲震山野，山谷鳴響。關上宋軍見到如此軍威，無不慄然。」

作品越寫遼軍威嚴無比的態勢，就越顯出虛竹和段譽壓倒遼軍軍威的英雄氣概。

當蕭峰和遼帝剛說了幾句話時，突然兩個人影如閃電一般猛向耶律洪基撲去。這正是虛竹和段譽。遼帝出陣時，早就防備蕭峰當年擒殺楚王父子的故技重演。親軍指揮使一聲令下，三百名盾牌手立時將三百面盾牌聚如一堵城牆護在遼帝面前。長矛手、刀斧手又密密層層的排在盾牌之前，構築了似是確保遼帝毫髮不損的陣勢。

這時虛竹既有無崖子、童姥和李秋水的內力，又盡握靈鷲宮石壁武學的奧秘，武功之高超，實已到了隨心所欲、無往不利的地步。

作品生動地描寫了虛竹在段譽協助下，一往無前、勢如破竹的情景：「虛竹雙手連伸，抓住遼兵的胸口背心，不住擲出陣來，一面向耶律洪基靠近。兩名大將縱馬衝上，雙槍齊至，向虛竹胸腹刺來。虛竹突然躍起，雙足分落兩將槍頭。兩員遼將齊聲大喝，抖動槍桿，要將虛竹身子震落。虛竹乘著雙槍抖動之勢，飛身躍起，半空中便向洪基頭頂撲落。」如果說前面突出的是虛竹武功之威力，這裡著重突出的則是他武功之靈巧。

段譽如游魚之滑，虛竹如飛鳥之捷，兩人雙雙攻到，耶律洪基大驚，提起寶刀，疾向身在半空中的虛竹砍去。

虛竹左手一探，已搭住他寶刀刀背，乘勢滑落，手掌翻處，抓住了他右腕。便在此時，段譽也從人叢中鑽將出來，抓住耶律洪基左肩。兩人齊聲喝道：「走罷！」將耶律洪基魁偉的身子從馬背上提落，轉身急奔。這裡著重突出的又是虛竹武功之智。從上可以看出，虛竹的武功是力、巧、智三者的結合。

四下遼兵遼將眼見皇帝落入敵手，大驚狂呼，一時都沒了主意。幾十名親兵奮不顧身撲上來想救皇帝，都被虛竹、段譽飛足踢開。

虛竹在十幾萬大軍中生擒遼帝不是以一當十，也不是以一當百、當千，而是以一當萬。本有萬夫不敵之勇的虛竹，再加上萬夫不敵之巧、萬夫不敵之智，這樣的虛竹身入遼之千軍萬馬似入無人之境，而生擒遼帝也就如囊中取物了。

喜劇因素

虛竹沒有見過什麼世面，缺乏世俗社會的經驗，再加之他性情本身有一些內在矛盾的因素，也就產生了他與他人的某些不協調。這種不協調，也就構成了他的喜劇性衝突。

虛竹性情中的喜劇性衝突是多種多樣的，而且蘊有豐富和深刻的內涵。

例如就他飲水唸咒來說，態度和神情是莊嚴的，用瓦碗舀了一碗水，雙手捧住，雙目低垂，恭恭敬敬地說偈，這不能不說是虔誠之至了。他說的偈是什麼呢？「佛觀一鉢水，八萬四千蟲，若不持此咒，如食衆生肉。」這顯然是荒誕不經的。於是，虛竹說偈唸咒的虔誠形式和荒謬內容構成了不協調的喜劇性衝突。虛竹行爲的形式和內容的矛盾，也就貽人口實，成了包不同調侃的對象。包不同調侃什麼，讀者參見前文，這裡不再複述。

虛竹前後行爲的巨大反差，也是構成喜劇性衝突的重要因素。烏老大等人捉住童姥（當時不知道是童姥，以爲是一個女童）要拿她祭刀，段譽阻止無效，眼看一刀就要砍到童姥身上，突然間躍出一個刀下救人的好漢，這便是虛竹。他救人的決心是那樣果斷，他救人的動作是那樣的迅猛，沒有一絲絲的猶疑和畏懼，這是何等的勇敢，何等的英雄。

虛竹的輕功也十分了得，將追趕者遠遠甩在了身後，但其時他忽然聽到背後一個聲音說道：「膽小鬼，只想到逃命，我給你羞也羞死了！」剛才還是那樣勇敢的英雄，這時嚇了一跳，大叫「啊喲！」發足更加快速地狂奔，過了幾里，才敢回頭，卻不見有人追來，低聲道：「還好，沒有人追來。」這句話剛一出口，背後又有聲音響起：「男子漢大丈夫，嚇成這個樣子。」虛竹更加驚恐不已，邁步又向前奔。背後那聲音又說：「又膽小，又笨。」虛竹心想，我跑得這麼快，那人仍緊追不捨，這一次定然難逃毒手了，於是放開腳步，越跑越快。背後那聲音仍如影隨形一般緊跟著虛竹：「既然害怕，便不該逞英雄救人。」虛竹聽那聲音似在耳邊，雙腿一軟，險些便要摔倒……

虛竹救人是那樣的英雄，現在卻被嚇得如此心虛膽怯，眞是判若兩人。這種前後行爲的巨大反差，就構成了喜劇性的衝突。而且虛竹所畏懼的對象，並不是眞正的敵人，那聲音係背負在背上的女童發出，而虛竹以假爲眞，嚇得魂不附體，讀者也跟著緊張得很，直到最後這種緊張才鬆弛下來，放心地噓了一口長氣，笑了起來。

德國哲學家康德在其名著《判斷力批判》中說：「笑是一種由緊張的期待突然轉化爲虛無的激情。」虛竹不斷聽到背後有聲音在嘲笑他，他以爲是強敵追來，讀者也和虛竹一樣保持著一種緊張的期待，要看看這個輕功趕得上虛竹的強敵到底是什麼模樣。但是，這種緊張的期待在突然之間轉化爲虛無，原來什麼敵人都沒有，完全是自己嚇自己。這種由緊張轉化為虛無的突然性，是直接構成喜劇性笑聲的重要條件，正因誰也沒有想到，沒有估計到，「突然」才具有它的喜劇性。

像這種緊張的期待突然消失從而引發笑聲的喜劇性例子是很多的。在雜技場上，一個小丑為從桌子上跳過去，躍躍欲試，準備了很多姿勢，但結果他不是跳過去，而是從桌子下爬過去，這種突然的變化不能不引發觀眾的笑聲。康德也講過這樣一個類似的例子，他說：「一個印第安人在蘇拉泰（印度地名）一英國人的筵席上看見一個罈子打開時，啤酒化為泡沫噴出，大聲驚呼不已。待英人問他有何可驚之事時，他指著酒罈說：『我並不是驚訝那些泡沫怎樣出來的，而是它們怎樣搞進去的。』」印第安人原來的「大聲驚訝不已」，就造成了一種緊張的期待，但他解釋吃驚的原因時，這種緊張突然消失了，「原來如此」的笑聲也就不能不產生出來。

也是德國哲學家的叔本華對笑說過一句名言：「笑的產生每次都是由於突然發覺這客體和概念兩者不相吻合。」他舉例說，巴黎某戲院有一次演出時，觀眾要求演奏《馬賽曲》，但經理不允。觀衆鬧起來了，一個警察上台來維持秩序，他說，沒有登在節目裡的照例不能演奏。一個觀衆忽然大聲問道：「警察先生，你自己呢？你登在戲的節目裡面嗎？」大家聽了，哄堂大笑。笑的原因，就是「登在節目裡」這個概念和上台的警察這個客體不相吻合，不相吻合就形成了乖訛，所以引起觀衆的笑聲。虛竹以假爲眞的喜劇性例子，也可用叔本華的觀點來闡釋。他背負女童奔逃，如果眞是強敵來了，畏懼還有點道理，但畏懼這個概念和背後的聲音這個客體不相吻合，因爲並非強敵眞的來了，而是誤將女童的聲音當作了強敵的聲音，這不能不產生喜劇性效果。

上面說的是以假爲眞的喜劇性衝突，還有以眞爲假的喜劇性衝突。烏老大等人追趕虛竹和童姥，一個要制人死地，一個要保全性命。當雙方相遇時，虛竹本不想殺人，只以松球反擊對手。松球本是軟軟的東西，但出自內功深厚的虛竹之手卻變成了致命的武器，結果對手是三死一傷。虛竹本是慈悲心腸，看見烏老大身受重傷，很是過意不去，走到他身前眞誠地拜將下去，向他道歉：「烏先生，小僧失手傷了你，實非故意，但罪孽深重，當眞對你不起。」烏老大將虛竹眞誠的道歉當作了惡意的反諷，他雖傷重喘氣呻吟，仍然語不連句地罵道：「臭和尚，開……開什麼玩笑？快……快……一刀將我殺了。你奶奶的！」

虛竹一面繼續道歉，一面又手忙腳亂的爲烏老大裹傷。烏老大身子雖不能動，但口卻可以動，自然又是不停的咒罵。虛竹的脾氣眞是好到了極點，聽了烏老大的咒罵，不，不是一般的咒罵，而是惡毒之極的咒罵，不僅不生氣，不發火，反而好言好語的向他賠不是，形成了不停的咒罵和不停的道歉這一反差甚大的喜劇性場景。虛竹和烏老大的喜劇衝突還遠未結束，請再看下面。

烏老大又大罵虛竹的父母，虛竹向烏老大認錯說：「不錯，不錯，確是小僧不好，眞是一萬個對不起。不過你咒罵我的父母，我是個無父無母的孤兒，也不知道我父母是誰，因此你罵了也是無用。我不知我父母是誰，自然也不知我奶奶是誰，不知我十八代祖宗是誰了。烏先生，你肚皮上一定很痛，當然脾氣不好，我絕不怪你。我隨手一擲，萬萬料想不到這幾枚松球竟如此霸道厲害。唉！這些松球當眞邪門，想必是另外一種品類，與尋常的松球大大不同。」

軟軟的松球竟然能打死打傷人，虛竹感到疑惑不解，他沒有想到這是因他內功高超所致，而反懷疑是松球本身「霸道厲害」、「邪門」，烏老大聽來，以為是拿他開涮，他大聲罵道：「操你奶奶雄，這松球有什麼與眾不同？你這死後上刀山，下油鍋，進十八層阿鼻地獄的臭賊禿，你……你……咳咳，內功高強，打死了我，烏老大藝不如人，死而無怨，卻又來說……咳咳……什麼消遣人的風涼話？說什麼這松球霸道邪門？你練成了『北冥神功』，也用不著這麼強……強……兇……兇霸道……」

烏老大之所以大罵虛竹，是因為他將虛竹的話作了相反的理解，將真誠理解為惡意，將道歉理解為譏諷，因此他倆的對話構成了以真為假的喜劇性衝突。喜劇性衝突當然會引發讀者的笑聲，但又不僅僅是笑笑而已，在笑聲中，虛竹的憨誠和憨厚又是何等的可喜可愛。

喜劇衝突之所以產生，主體和客體均有內在的喜劇因素，但僅有主體或客體是不能構成喜劇衝突的，這就叫做一個巴掌拍不響。只有主體和客體兩者之間不協調因素的相互激盪，衝突的笑聲才能噴發出來。

虛竹性情喜劇性的表現，遠不只上面舉的幾個例子。例如虛竹和段譽對飲靈鷲宮時，虛竹誤以爲段譽愛慕的王語嫣就是他的夢姑。以後他又以爲段譽的妹妹鍾靈是他的心上人。這兩例均係誤會形成的喜劇性。西夏王宮的「三問三答」也是充滿喜劇性的，因爲虛竹率眞的回答與人們的期待相差甚遠。

當然，從整體上看，虛竹性情中雖有濃郁的喜劇色彩，但他演出的並非喜劇，而是正劇，因此不能將他歸爲喜劇人物。

整體觀照

現在到醫院看病方便多了，一滴血就可查出是否患有幾十種疾病；一丁點頭髮就可據其所含微量元素的比例確診是否健康。這是說，一滴血、一丁點頭髮就可反映身體全息（即全面的資訊）的狀況。其實，這種全息性的診斷方法，中醫早已實行了，按一按脈搏，望一望舌苔，也可知道身體全息性的狀態。

人物的性情的表現也是如此。在人物的一言一行中，可以顯現人物性情的全息性狀況，這也可說是一葉知秋、以小明大，從細微處看出整體的特點。例如虛竹在第一次出場中，包不同在虛竹對他們的稱謂上一再糾纏，要虛竹一會兒將「公施主」改爲「公冶施主」，一會兒又要將「包施主」改爲「包三爺」。當虛竹按「包三爺」的稱謂格式將風波惡稱爲「風四爺」時，包不同又說錯了，說什麼「待會兒風四弟和你比武，又使你增多了閱歷長進了武功，也就等於向你布施了」，因此應稱爲「風施主」。總之橫說豎說，都是包不同有理。虛竹道：「是，是。風施主，不過小僧打架是決計不打的。出家人修行爲本，學武爲末，武功長不長進，也沒多大關係。」

這一並不複雜的細節，卻包含了虛竹性情的巨大訊息。一是說明了虛竹的憨迂。包不同說他叫錯了，他就承認自己叫錯了，這種隨人擺佈的行爲不是憨迂之極嗎？

二是顯示了虛竹的憨誠。他承認自己叫錯了的這種承認，不是一種奸滑的手腕，不是圓通的周旋，而是心口如一的承認。

三是體現了虛竹的謙和。在無關緊要的問題上不和人爭長鬥短，善於忍耐，善於妥協和讓步。

四是凸現了虛竹的外和內剛之性。虛竹也可說是小事情糊塗，大事情清醒。在稱謂一改再改三改的事情上，他似乎沒有察覺對方是在戲謔他，不然怎麼一點脾氣也沒有，他也不是完全沒有一點火性的人。但在風波惡要和他打架這種事情上，他的頭腦是清楚的，態度是堅定的，那就是「決計不打」。

五是虛竹的言行中蘊涵著一種潛在的喜劇因素。當然，這種喜劇只有在主體和客體不協調的相互激盪之中，才能現實地體現出來。在一個小小的稱謂問題上，包不同著意的戲謔，虛竹則是憨迂的回應，構成三次挑錯、三次認錯的喜劇性衝突的生動景觀。

六是展示了虛竹的一種追求，即「修行爲本，學武爲末」，這是一種崇高的境界，對此後文將在有關章節論述之。

以上六個方面的分析說明，小可寓大，部分可以包含整體，人物的一個細節可以透示性情整體的大部分資訊。當然，不同細節透示的整體性資訊，還是有不同視角、不同側重點之分的。正是出於這種考慮，我們將虛竹三改稱謂的細節歸入「憨性十足」一節之中。

看待一個人物的性情，既要從局部看整體，同時又要從整體看局部。如果只是就局部看局部，那麼就正如德國哲學家黑格爾所說的，「割下來的手不再是人的手」，也如印度詩人泰戈爾所說的，「採著花瓣時，得不到花的美麗」。人物的幾大塊不是孤零零互不關涉的，而是相互溝通、相互滲透和相互包含，同屬一個有機的整體。

如從整體視野來看虛竹的性情，那麼內含矛盾而又有機統一的活靈活現的人物就躍然紙上了。在虛竹的性情中，拘謹和豪放是一對矛盾。長期壓抑的環境、內傾的氣質，再加之世俗經驗的缺乏，養成了拘謹的性格是難免的。出了少林寺後，環境較爲開放，性情之拘謹也開始鬆綁，方有大醉靈鷲宮、大戰少室山的豪放之舉。

總的來看，虛竹性情中，拘謹時多，豪放時少，雖有時偏重於此，或偏重於彼，但又相互聯繫、相互補充，構成了虛竹性情中一幅山巒起伏的風景。

勇與怯，在虛竹性情中又是一對矛盾。在救童姥，救蕭峰壯舉的光華中，哪裡有一點點心虛膽怯的陰影？在那種事關他人的非常時刻，虛竹以激情點燃了正義的火炬，以生命構築了崇高的山峰，心理空間中可以說沒有針尖大的空隙能讓膽怯容身，更不要說有大塊地盤讓它安營紮寨了。

但是，假如遇到的危險與他人無關，那麼保全自己的生命自然是第一位的了。因爲他也有自我保存的本能，珍惜生命的本能。在這種時候，有一點膽怯，實爲生理、心理上一種應急的反應，是無可厚非的。但如他人遇到危險，虛竹又會將自己的安危撇在一邊，將他人生命放在自己生命之上的位置上。

虛竹就是這樣一種人。他遇到丁春秋，膽怯得竟至躲到床底下；而當遇到女童有難時，他又會從衆多高手中不顧自身安危將人救出來。勇與怯，就是如此奇妙地統一在一個人身上。

精神分析學派佛洛伊德認爲人有兩種本能，一是求生本能，一是死亡本能。求生本能與自我保存和種族生存有關。死亡本能分內向與外向兩種。內向的如自虐和自殺，外向的如攻擊和憎恨。佛洛伊德關於死亡本能的闡釋，有明顯的片面性，因爲這只是人性異化的表現，而非人性的本然狀況。但關於求生本能的說明，則極有啓示作用。佛洛伊德認爲，求生本能包括個體和種族兩方面。從佛洛伊德的這個觀點來看，虛竹保存自己的生命固然是一種求生本能；而以無畏的自我犧牲精神求得他人生命的保存，也是一種求生本能，並且是一種更寶貴的求生本能。

從整體上看，虛竹的性情不僅勇與怯是統一的，拘謹與豪放也是統一的，謙和與剛毅、謙和與自尊也是統一的。當然這種統一，是有差異、有矛盾的統一，正因爲如此，虛竹性情統一的整體，才是生氣勃勃的。

在筆者即將爲「性情篇」劃上休止符的時候，讀者諸君是否對虛竹的性情有一個整體的了解和觀照呢？

虛竹的人生哲學

感情篇

少林情結

不管命運把虛竹拋到哪裡，養他教他的少林總是像強大的磁場一樣吸引著他、影響著他。

僧人受戒，香疤都是燒在頭頂。可是虛竹除了頭頂的香疤外，背部和臀部也燒有香疤。疤痕大如銅錢，顯然是在他年幼時所燒炙，隨著身子長大，疤痕也增大了。這是否說，他與佛門早在年幼時就結下了不解之緣。如果說香疤還只是他外在的標誌和象徵，那麼少林便是他內在的情結和心靈的棲地。二者相較，後者是更爲重要的。

虛竹二十五、六歲時從下山送發英雄帖起，種種非他能夠左右的力量，使他離少林寺越來越遠，也令他對少林寺的思念「恰如春草，更行更遠還生」。

在「珍瓏」棋局中，他爲救生命危殆的段延慶胡亂下了一子，後又接受段延慶腹語的指點，終於破解了三十年未解的「珍瓏」難題。蘇星河對虛竹說了一番感激不盡的話後，請他進入三間木屋之中。木屋無門，蘇星河要虛竹用少林武功將其劈開。木屋門板雖不堅牢，但虛竹連劈了三掌方才奏效。這等功夫，在武林高手中當然不值一哂。南海鱷神對此譏笑道：「少林派的硬功，實在稀鬆平常！」虛竹覺得笑他可以，笑少林武功則不行，他針尖對麥芒地答道：「小僧是少林派中最不成器的徒兒，功夫淺薄，但不是少林派武功不成。」無論是大事小事，他都要維護少林的聲譽。

進入木屋以後，隱居於內的無崖子欲將虛竹收爲逍遙派的關門弟子，便在虛竹覺得全身泡在溫水缸中軟洋洋十分舒暢的時候，他化去了他的少林內力。

無崖子笑著告訴了虛竹，虛竹大吃一驚，開始似還有些不信，待跳了起來，四肢百骸盡皆酸軟，腦中天旋地轉一般時，才驗證了無崖子說的不假。霎時悲從中來，眼淚奪眶而出，哭道：「我……我……和你無怨無仇，又沒得罪你，爲什麼要這般害我？」性情憨厚而又缺乏世俗經驗的虛竹確實是不理解的。

無崖子以虛竹先前向他磕了九個頭便是行了拜師之禮爲由，要虛竹稱他爲師父。虛竹掙扎著站起來，說：「不，不！我是少林弟子，怎麼再拜你爲師？」即使沒有了少林內力，虛竹在精神上仍是歸屬少林的，所以他強調他是「少林弟子」。

無崖子要把他的武功內力傳給虛竹，雙手剛搭上虛竹肩頭，虛竹便覺得肩上沈重無比，雙膝一軟，便即坐倒，就在全身沒有絲毫內力、近似虛脫的時候，虛竹仍斬釘截鐵地說：「你便打死我，我也不學。」這種堅定的決定、剛毅的意志來自於對少林的摯愛和忠誠。

但是，自己的命運沒有掌握在自己的手裡。虛竹雖然極力抗爭，但還是身不由己接受了無崖子七十餘年修練的功力，並且稀裡糊塗戴上了作爲逍遙派掌門人標誌的寶石指環。這樣，虛竹的身心彷佛變成了兩部分，武功內力和外在身分是逍遙派的，而情感和精神卻是少林派的。

無崖子逝後，他的能言善辯的弟子蘇星河對虛竹說：「玄難大師叫你聽我的話。我的話是：你該遵從師父遺命，做本派的掌門人。但你既是逍遙派的掌門人，對少林高僧的話，也不必理睬了。」這種詭辯式的論證，虛竹聽來句句有理，一時之間做聲不得，但他的心中是不服的。

蘇星河被丁春秋施毒害死後，康廣陵對虛竹說，他們八人原是師父蘇星河怕丁春秋加害於他們，故而被逐出師門的。蘇星河生前已收回成命，叫他們重入師門，只是沒稟明掌門人，沒行過大禮，還算不得是該門的正式弟子，因此要掌門人金言許諾。

虛竹聽後左右爲難，答允吧，等於是承認了掌門的身分，而「這個『逍遙派』掌門人，我是萬萬不做的」；但若不答允，「這老兒纏夾不清，不知要糾纏到幾時，只有先答允了再說。」

虛竹違心答允之後，康廣陵等八人一起過來向虛竹這個掌門師叔叩謝，他們想起師父不能親睹八人重歸師門，又痛哭起來。

虛竹極是尷尬，眼見每一件事情，都是教自己在這個「掌門師叔」名位的泥沼中越陷越深，越來越不易擺脫。自己是名門正宗的少林弟子，卻去當什麼邪門外道的掌門人，那不是荒唐之極麼？但自己想到了這一點，又能怎樣呢？他們八人此時都是喜極而泣，自己若對「掌門人」的名位提出異議，又不免大煞風景，無可奈何之中，只有搖頭苦笑，吞食一枚他人釀製而又不便吐出的苦果。

後來在一個小飯店中，阿紫趁虛竹不注意，在他的麵碗中加了一匙雞湯和一塊肥肉，使他破了葷戒。虛竹怒道：「我……我……二十三年之中，從未沾過半點葷腥，我……我……這可毀在妳手裡啦！」少林寺的戒律是嚴格的，破了戒，等於是又離開了少林一步。虛竹說他毀在阿紫手裡，足見他對破戒是看得很重的。

如果是僅僅破了葷戒，那還好說。他勇救童姥於危難之時，這是符合佛法佛理的。但是他在童姥的指揮下，用松球回擊追敵，本來這是沒有什麼問題的，但因他內功高強，軟軟的松球竟成了致命的武器，打死三人，打傷一人，這又破了殺戒。以後又被童姥點了他的穴道，將禽獸的生肉鮮血強行令虛竹食飲，進一步破了葷戒。

虛竹認爲，非出自願，就不算破戒。童姥決心要試一試。她於夜中擄來全身赤裸的西夏公主放在他的胸前，又使虛竹破了淫戒。

虛竹已經拜入了別派門下，又接連犯了葷戒、殺戒、淫戒，虛竹已經自感「還成什麼佛門弟子」？

童姥和宿敵李秋水鬥了幾十年，最後鬥得兩敗俱傷，童姥在她生命的最後時刻，又將靈鷲宮主人的位子交給了虛竹，虛竹雖然雙手亂搖拒絕過，但還是點頭勉強答允了她的要求。

接著，他又上縹緲峰，爲反叛童姥的三十六洞、七十二島身上種有生死符之毒的諸英豪，一一破解，再加之他武功高超、爲人厚道，完全贏得了各洞島英豪的衷心擁戴。

如果從武士功名而言，縹緲峰主人已是功名之巔的象徵了。但虛竹並不貪戀這些，執意要從功名之顛走下來。

在許多人看來價值極高的東西，在虛竹的心靈中卻沒有什麼特殊的地位。他的情感的重心、他的精神的棲地，仍然是少林，這一點他從來沒有動搖過。返回少林，不僅是他行爲的綱領，而且也是他的情感的依歸。

誰都知道，返回少林既無高官厚祿以待，更無聲色犬馬可享，而是要去親自懺悔和領罪。少林已經占據了他的情感、他的心靈，使他不能再有其他任何考慮了。

虛竹換上了舊僧衣，邁開大步，東去嵩山（屬伏牛山脈，其主體在河南登封縣西北，由太室山和少室山組成）。少林是他一路疾行的情感驅力。

進了山門，便去拜見師父慧輪，虛竹俯伏在地，痛悔不已，放聲大哭，說道：「師父，弟子……弟子眞是該死，下山之後，把持不定，將師父……師父平素的教誨，都……都不遵守了。」請注意虛竹說了兩次的一個「都」字，他是準備將所有種種犯戒之事一一交待出來的。他說話的口氣表面看來有些呑呑吐吐，但並非不想說，也非想說一半留一半遮遮掩掩的說，而是由於經歷過於曲折，要說的太多了，一時不知從何說起，故說話看來有些呑呑吐吐。實際上，他是想徹底的懺悔，這從最後一句話「都不遵守了」可以看出來。

他被暫時送到戒律院後，由於懺悔心切，竟向既非少林出家，也無字輩排行的緣根，大致懺悔了他的種種過失，結果被資質平庸、心胸狹窄、妒火中燒的緣根抽了成百上千的鞭子。虛竹苦受責打，心下反覺平安。

虛竹在等候處理的時間裡，不僅虔誠地在戒律院劈柴澆菜，而且智勇兼備迎擊了胡僧鳩摩智向少林的猖狂挑釁。應該說爲挽救少林於危難，他是立了大功的。

但是，虛竹並不恃功自傲。他向少林諸高僧誠心稟告了他下山之後的諸般經過情由。這般經歷過程繁複，說話雖拖泥帶水，但事事變化，毫無隱漏，即使與夢姑親暱一事，也大致說了。

前文我們說過，虛竹在「神劍」卓不凡的面前，無論卓不凡怎樣的威逼利誘，虛竹就是死死的護住自己的隱私不說，從而捍衛了莊嚴的自尊。但此一時也，彼一時也，在神聖的少林面前，在敬仰的高僧面前，他應該說，必須說，只有說了，才能吐出他心中自認的污穢。

虛竹說罷，既向佛像稽首禮拜，又向高僧垂淚相求：無論何種責罰，他都甘心領受，就是別把他趕出寺去，給他一條改過自新之路。

但是玄慈爲了少林寺的清譽，寧爲玉碎，不作瓦全，還是作出了罰虛竹破門出寺的決定。虛竹悲從中來，淚如雨下，伏地而哭，哽咽道：少林寺「人人對弟子恩義深重，弟子不肖，有負衆位教誨」。

虛竹被逐出寺後，對少林仍是情深依依。

在少室山大戰中，靈鷲宮一干人馬趕來支援虛竹。余婆婆對虛竹說，得知少林寺賊禿們要跟主人爲難，因此特連夜趕來。虛竹當即批評她說：「少林派是我師門，妳言語不得無禮，快向少林寺方丈謝罪。」

虛竹遇見少林寺的玄寂，潛意識地叫出了「師叔祖」的稱謂。玄寂說：「『師叔祖』三字，虛竹先生此後再也休提。」虛竹說：「是，是，這我可忘了。」深深紮根在潛意識的東西，時不時會以不自覺的形式自然冒了出來，虛竹說他忘了不能再叫「師叔祖」，證明了少林情結這種潛意識的強大力量。少林情結不僅控制著虛竹的情感和行爲，也操縱著他的話語用詞的習慣。

就在虛竹答應以後不再稱謂玄寂爲「師叔祖」時，他不用「好」字，而是用了「是」字，並連用了兩個。這個「是」字，是字輩排行較低者向較高者說話而言的，又是少林情結的暗中支配起了作用。這就說明，虛竹稱玄寂爲「師叔祖」也好，答應再不稱謂也好，都是他心中少林千千結的潛意識顯現。

如果說虛竹稱玄寂爲「師叔祖」是一種潛意識的話，那麼他在靈鷲宮就是自覺維護少林寺了。他向三十六洞和七十二島各路英豪所要求的兩件事，第一件就是「請諸位今後行走江湖之時，不要向少林派的僧俗弟子們爲難」。

從內到外，從潛意識到顯意識，從認識到情感，虛竹的整個身心都是向著少林的。

他離開了少林，但少林仍是他靈魂的路標、情感的焦點。

當然，虛竹也怨過少林。在少室山之戰中，虛竹運用「生死符」制服了害人無數的星宿老怪丁春秋，將其交給少林寺戒律院看管，每年兩次由少林寺僧給他服食靈鷲宮的藥丸，以解他生死符發作時的苦楚。丁春秋生死懸於人手，料來不敢爲非作歹。丁春秋被擒，有誰不喜，有誰不樂？蕭峰撫掌大笑對虛竹說：「二弟，你爲武林中除去一個大害。這丁春秋在佛法陶冶之下，將來能逐步化去他的戾氣，亦未可知。」虛竹愀然不樂說道：「我想在少林寺出家，師祖、師父他們卻趕了我出來。這個丁春秋傷天害理、作惡多端，卻能在少林寺清修，怎地我和他二人苦樂的業報如此不同？」

虛竹現在身爲逍遙派掌門人和靈鷲宮主人，統率三十六洞洞主、七十二島島主，揚名四方，威震天下，得到許多人的尊敬和羨慕，但是虛竹認爲現在所有這一切的一切，都不如待在少林寺，甚至不如待在少林寺受責受罰的好，因此，他既羨慕丁春秋、嫉妒丁春秋，又多少抱怨他的師祖和師父。

虛竹是由愛而怨的，而怨又反證了他對少林寺永恆的愛。

俗話說：「千好萬好不如自己的家好，金窩銀窩不如自己的窮窩。」虛竹對少林的深深眷戀，就是對家園的眷戀，對安身立命之所的眷戀。所以，他的羨慕也好，嫉妒也好，抱怨也好，都是這種眷戀之情不同的顯現。

知恩圖報

虛竹幫助、救護過許多人，可是他的「記性」不好，似乎統統忘記了，如果要向他道謝，他反而會覺得不自在、不舒服。

靈鷲宮鈞天部程青霜與反叛者交手，受了重傷，血流不止，虛竹施救之後，立即轉危爲安。程氏伏地跪謝救命之恩。虛竹因對方是花樣年華的女性，不便伸手攙扶，急得忙叫石嫂扶她起來。你看虛竹那個急的樣子，你向他致謝不是反而害得他手足無措嗎？

哈大霸因「生死符」毒性發作，自我失去控制，幾乎挖去了自己的一雙眼睛，又是虛竹施教，令他神智恢復。哈大霸砰砰砰的向虛竹磕頭，不又害得虛竹砰砰砰的也磕頭還禮嗎？

所以，有誰得了虛竹的恩惠，不要說什麼感謝之類的話語，更不要行以什麼跪拜磕頭的禮節，最好是一邊站去，不要說什麼也不要作什麼去打擾他，使他能在緊張的救護之後休息一下、輕鬆一下不好嗎？

虛竹施了什麼恩惠，他的忘性很大；而他得了什麼恩惠，則記性甚好。這眞是一個可愛的忘性大、記性好的人。

無崖子和虛竹從相識到相離，不到一個時辰，時間太短是難以建立深厚情誼的。但虛竹體內所蘊有的無崖子七十餘年的功力，已變成隨時可以感覺到的活生生的精氣存在，老人的一部分已變作了自己，他比什麼人都更爲親近，他也離不開老人了。當他看到老人氣絕身亡，突然間悲從中來，放聲大哭。

男兒有淚不輕彈，不眞傷心不流淚。這流淚的本身，就是知恩情感的顯現。

虛竹放聲大哭，只有兩次，一是無崖子逝後，一是父母雙雙故後。金庸對這兩次哭的描述幾乎是一樣的，只有個別詞語的變動。由此可見，虛竹對無崖子懷有一日為師終生為父的知恩之情，因而對無崖子的故去是相當看重，也是相當悲痛的。

以後，童姥問他：「你這功夫到底是跟誰學的？怎麼小小年紀，內功底子如此深厚？」虛竹一聽，壓抑的悲情重又湧現出來，胸口發酸，眼眶兒不由得紅了，將無崖子臨終授功的事說了一遍。得了他人的恩惠，虛竹不僅長記不忘，而且說起來又如此動情。我們每個人都有過這樣的經驗，不動情的機械記憶是容易忘卻的，而動了情的記憶即情感的經歷、情感的體驗則是難以逝去的。這就是虛竹為什麼能夠記住他人恩惠的原因。

胡僧鳩摩智來到少林寺後，耀武揚威，挑戰諸僧，並將玄渡打傷。虛竹一面迅即為玄渡封住傷口穴道使鮮血不再湧出，一面想起往日玄渡對自己的恩情。他十六歲那年，奉派替玄渡掃地烹茶，服侍了八個月之久。玄渡待他十分慈和親切，關愛有加，還指點過羅漢拳的一些拳法。點點滴滴，他長記心頭。今日見他爲鳩摩智指力所傷，知道救援稍遲，立有性命之憂，故不暇細想，身子一晃已搶到玄渡對面……。這裡的一個「搶」字，很能說明虛竹爲玄渡療傷時的情眞意切之態。

滴水之恩，當湧泉相報。虛竹就是這樣做人的。

即使是對於童姥這樣的人，虛竹也是如此。童姥故後，虛竹想起三個多月的時光中和她寸步不離，蒙她傳授不少高超的武功，她的脾氣雖乖戾異常，但對待自己可說甚好，此時見她一笑身亡，心中難過，也和靈鷲宮女子一道伏地哭了起來。

此時，虛竹雖不像對父母和無崖子那樣「放聲大哭」，顯示了他的情感分寸上的差異，但對童姥能作到伏地而哭，也是夠悲痛的。

正是因爲虛竹對童姥懷有感恩的情感，當珠崖大怪在靈鷲宮逼問童姥臨終遺言，並大罵什麼「老賊婆」時，虛竹很嚴肅地對他說：「前輩先生，你提到童姥她老人家之時，最好稍存敬意，可別胡言斥罵。」

虛竹對人的情感和態度有兩個一樣：人前人後一個樣，生前死後一個樣。虛竹這可貴的兩個一樣，與他的憨樸、憨誠、憨厚的性情是緊密聯繫的。正因他憨樸、憨誠和憨厚，所以人前、生前不阿諛奉承，人後、死後不詆毀辱罵，沒有雙重人格和兩種態度。他對童姥的知恩之情，正是這種一以貫之的人格和情感的顯現。

天倫悲情

人的成長，不可能沒有愛的雨露、愛的陽光、愛的撫育。而愛又是多元的、多樣的，有父母之愛、朋友之愛、男女之愛、師徒之愛等。每一種愛都是人的成長不可缺少的需要，不可缺少的營養，而且是不可互相取代的需要和營養。缺少了哪一種，人的成長都不能說是健全的。

虛竹自幼作爲一個孤兒入住少林寺，他雖也有諸位僧人的關照，可以部分地補償父母之愛的缺失，但終究不能完全取代父母之愛。因此他對人說起自己的身世來，總有一種無法彌補的缺失感和傷悲感。這種缺失感和傷悲感，是對於父母之愛的由衷渴望。

這種塵緣之情，即使在顯意識層次可以斬斷，但在潛意識深處卻是無法斬斷的。這猶如伐木者只能砍伐樹木的軀幹，卻無從砍伐地表下的無數根鬚一樣。父母之愛是一種血緣之愛，因此它較之其他愛的潛意識的根鬚更爲深長，也更爲久遠。它是愛的交響樂中最強的樂章和最高的音符。

父母之愛降臨於虛竹，是不期而至的。

虛竹因觸犯寺規，因而被逐出師門。少林寺方丈原準備免了對虛竹的杖責，但因鳩摩智提出非議，玄慈只好改變主意，令虛竹伏身受杖。

少林寺戒律院執法僧人，捋起虛竹僧衣，露出了背上的肌膚，另一名僧人，準備用杖。

這時一個女子像忽然發現了什麼似的，尖叫道：「且慢，且慢！你……背上是什麼？」陡然叫喊，聲音故尖，這個「尖」字可見那個女子的情急之狀。那女子叫時連用了兩個「且慢」，生怕執法用杖，便將虛竹背上的東西打飛了，打沒了。

虛竹背上是什麼呢？是整整齊齊燒出的九點香疤。香疤一般較小，但現在的疤痕大如銅錢，顯然是在幼年燒炙，隨著身子長大香疤也漸漸增大，並且增大的疤痕也不如燒炙時那麼圓整了。虛竹爲什麼要在幼年燒炙？這是衆人心中的第一個疑團。僧人受戒，香疤都是在燒在頭頂，虛竹爲何是燒在背上呢？這是第二個疑團。

正當衆人爲疑霧纏繞時，一個身穿淡青色長袍的中年女子，突然從人叢中「奔出」。奔，不是一般的跑，而是急跑，可見金庸用詞是極有推敲的。穿著長袍本來是跑得不快的，但仍然急跑，可見那中年女子情切之至。

那中年女子，是人人所知的「四大惡人」之一的葉二娘。金庸此時是這樣描寫的：「她疾撲而前，雙手一分，已將少林寺戒律院的兩名執法僧推開，伸手便去拉虛竹的褲子，要把他的褲子扯將下來。」「疾撲而前」，這四個字眞用得好，「奔」已經不夠了，還要撲上去，並且是疾撲上去，這就比「奔」快多了。母親對子女之愛的強烈程度，由此可見一斑。

葉二娘從虛竹背上的疤痕中已經得知虛竹是她的兒子了，她之所以要拉虛竹的褲子，就是要得到百分之百的完全證實。

想想看，見到二十多年未見的兒子，她能不「奔」嗎？能不「撲」嗎？二十多年的思念，是一種超乎尋常的內驅力，因此她「雙手一分」，便能將兩名執法僧推開。執法僧要執法，肯定不是尋常之輩，身上沒有一點功夫，能執法嗎？葉二娘竟能一下將他們推開，這只能是母愛的強大力量、超常力量的發揮。

中國向來是禮儀之邦，要把一個人的褲子扯下來，自是非同小可。虛竹吃了一驚，轉身站起向後飄開數尺，這也是非常自然的。

虛竹向葉二娘問道：「妳……妳幹什麼？」此時葉二娘的情感幾乎達到了白熱化的程度，她激動得全身發顫，叫道：「我……我的兒啊！」葉二娘第一個「我」字後的省略號，她原是想作一些解釋，這是對虛竹所問「妳幹什麼」的應答。但此時此地、此情此景，還能容她慢騰騰地去解釋，這不是眾人不允許，而是她的熾熱的情感不允許。於是，「我的兒啊！」——這一聲積累了二十四年情感的呼喚直衝而出。這一聲呼喚對於虛竹來說，真是不啻於晴空霹靂，二十四年的孤兒生涯怎麼可能在毫無準備的情況下，一下子接受突然冒出的母親，葉二娘張開雙臂想去摟虛竹時，虛竹一閃身避開了，葉二娘抱了個空。

此時衆人都想：「這女人瘋了？」虛竹雖不如此揣測，但他實在也不明白其中原委，葉二娘又去摟抱了虛竹幾次，但都爲虛竹輕巧地閃開了，葉二娘如癡如狂，叫道：「兒啊，你怎麼不認識你娘了？」聲音中滿溢著渴望與絕望相交織的情感。

如果說葉二娘第一次叫兒，虛竹由於過於突然，還不大相信的話，那麼葉二娘的第二次叫兒，則將虛竹二十四年啞聲的心弦拔響了，他強烈地感到心中一凜，有如雷震，顫聲問道：「妳……妳是我娘？」此刻，他雖半信半疑，但也隱隱覺得在他和葉二娘之間，一定存在著常理難以解釋的某種心靈對應的聯繫。

葉二娘用激動難平的叫聲說：「兒啊，我生你不久，便在你背上、兩邊的屁股上，都燒上了九個戒點的香疤。你這兩邊屁股上是不是各有九個香疤？」

聽這一說，虛竹大爲吃驚，剛才葉二娘要脫虛竹的褲子加以驗證，虛竹沒有讓她脫，但他的兩股上的確各有九點香疤。以前虛竹不知來歷，羞於向同輩道及。不過有時他想，自己與佛門有緣，天然生就，因而更堅定了身慕佛法之心。

這時聽葉二娘一說，又是一個霹靂，不過這個霹靂驅走的是他心中的最後一絲疑雲。他聲音顫抖地說：「是，是！我兩股上各有九點香疤，是妳……是娘……是妳給我燒的？」這時虛竹已經完全相信站在他面前的葉二娘是他的娘了，因而在稱謂上已有了變化，剛開始稱呼葉二娘為「妳」，旋覺不妥又改稱為「娘」，最後雖還是「妳」，但這個「妳」和前面的「妳」在其內蘊上有質的差異。前面的「妳」帶有泛稱的性質，即凡是站在自己面前的人都可稱呼為「你」；而後一個「妳」，則是與「娘」疊合為一的妳，特指的「妳」。

聽了虛竹的回話，葉二娘放聲大哭，一任感情的奔湧流瀉，叫道：「是啊，是啊！若不是我給你燒的，我怎麼知道？我……我找到了兒子，我找到了親生的乖兒子了！」葉二娘「找到了兒子」的這句話，既是對虛竹說的，更是對自己說的，也是對大家說的。多年來尋找兒子、思念兒子而未得的她，此時似乎分裂成了兩個人，一個人對另一個人說：「我找到兒子了！」這種一面自我訴說，又一面自我傾聽的自語，是喜極而生的現象。當然，我們還可理解為這也是向衆人說的。葉二娘多年失子，她的感情不僅受到了極大的摧殘，她的自尊也受到了嚴重的損害，她的性情因此而變形變態，現在找到了兒子，她要向衆人宣告。這種宣告的本身，無異於自己去舔撫自己的傷口。

葉二娘一面笑，一面伸手去撫摸虛竹的面頰。虛竹不再避讓，任由她抱在懷裡。在母親的面前，再大的人也是個孩子。虛竹在母親的懷裡一面領略了二十幾年母子離散之悲，一面又享受了母子重新團聚之喜。這悲喜交集使虛竹眼淚涔涔而下，叫道：「娘……娘，妳是我媽媽！」虛竹一激動就變得不會說話了，叫了一聲「娘」覺得不滿足，稍稍停頓一下又叫了一聲「娘」，情感上還是沒有滿足，又補了一句「妳是我媽媽！」娘當然是媽媽，媽媽當然是娘，這種同語反覆說明虛竹正在情感的漩渦之中打轉了。

葉二娘和虛竹相擁而泣一陣之後，葉二娘放開虛竹頭頸，又抓住他的肩頭，左看右瞧，總是看不完，瞧不夠，她滿臉堆集的、流動的、閃耀的都是喜不自勝之情。

葉二娘的舐犢之愛此刻又滋生了切齒之恨，她向虛竹大聲道：「是哪個天殺的偷走了我的孩兒，害得我們母子分離二十四年？你娘鬥他不過，孩兒武藝高強，正好給娘報仇雪恨。」

這時，坐在大樹下一直一言不發的黑衣僧人忽然站起身來，用緩慢的語調對葉二娘說：「妳這孩兒是給人家偷的，還是搶去的？」他意在糾正葉二娘所說的一個「偷」字。

葉二娘突然變色，尖聲叫道：「你……你是誰？你……你怎知道？」黑衣僧人道：「妳難道不認得我麼？」葉二娘尖聲叫道：「啊！是你，就是你！」縱身向他撲去，眞是仇人相見分外眼紅。但奔到離他丈餘處，突然立定不敢近前，她知道對手武藝高強，打他不過，但憤怒至極的她，此時不由自主伸出食指和中指，顫抖著指點對方，一時竟氣得說不出什麼來。

黑衣僧承認孩子是他搶去的。葉二娘向他叫道：「爲什麼？你爲什麼要搶我的孩兒？我和你素不相識，無怨無仇。你……你……害得我好苦。你害得我這二十四年之中，日夜苦受煎熬，到底爲什麼？爲……什麼？」

黑衣僧人避開葉二娘的指責和質問，反而指著虛竹問她：「這孩子的父親是誰？」葉二娘像被火燙了似的全身一震，道：「他……他……我不能說。」葉二娘開始轉攻爲守了。

提起父親，虛竹心頭激盪，他奔到葉二娘身邊叫道：「媽，妳跟我說，我爹爹是誰？」葉二娘連連搖頭，道：「我不能說。」葉二娘當然有她不能說的道理，她要保護自己的情郎、虛竹的父親。

黑衣僧對葉二娘不願說的那位男子說了許多不是，但葉二娘仍是肯定「他是個好人」。昔日的恩情並不因歲月的流逝而消退。

黑衣僧對葉二娘步步緊逼，大聲說：「這孩子的父親，此刻便在此間，妳幹嘛不指他出來？」繼續又問：「妳為什麼在妳孩兒的背上、股上，燒了三處二十七點香疤？」「妳孩兒一生下來，妳就想要他當和尚麼？」面對黑衣僧居高臨下的連續進攻，葉二娘幾乎無還手之力，她只能說：「我不能說。」或者說：「我不知道。」

黑衣僧使出了致命的一擊，他大聲說：「這孩兒的父親，乃是佛門子弟，是一位大大有名的有道高僧。」

葉二娘聽罷如當頭一棒，一聲呻吟，再也支持不住，暈倒了。

虛竹扶起葉二娘，叫道：「媽，媽，妳醒醒！」過了半晌，葉二娘醒轉過來，她低聲對虛竹說：「孩兒，快扶我下山去。……這仇也……也不用報了。」二十幾年才盼來娘的虛竹，自然是最聽媽的話，他說：「是，媽，咱們這就走罷。」

但黑衣僧不讓他們走，他說：「妳不要報仇，我卻要報仇。」原來他就是蕭峰的父親蕭遠山。他對蕭峰說：「孩兒，那日我和你媽懷抱了你，到你外婆家去，不料路經雁門關外，數十名中土武士突然躍將出來，將你媽媽和我的隨從殺死。大宋與契丹有仇，互相斫殺，原非奇事，但這些中土武士埋伏山後，顯有預謀。」

這個預謀的起因是慕容博。慕容博爲加深宋與遼原已存在的民族矛盾，便假傳契丹武士要來少林寺奪取武學典籍的訊息，少林方丈玄慈信以爲眞，便帶領中原衆武士前去伏擊，結果發生了慘絕人寰的悲劇。

但蕭遠山並不知曉這個悲劇的幕後導演，而是一心要找悲劇的幕前指揮——玄慈報仇。他見葉二娘扶著虛竹正一步步走遠，當即喝住，說道：「跟妳生下這孩子的是誰，妳若不說，我可要說出來了。我在少林寺隱伏三十年，什麼事能逃得過我的眼去？」

葉二娘轉過身來，向蕭遠山奔近幾步，跪倒在地說道：「蕭老英雄，請你大仁大義，高抬貴手，放過了他。我孩子和你公子有八拜之交，結爲金蘭兄弟，他……他……他在武林中這麼大的名聲，這般的身分地位……年紀又這麼大了，你要打要殺，只對付我，可別……可別去爲難他。」葉二娘的跪求，的確是相當感人的。她連用了三個「他」，其中包蘊了她對玄慈的多少深情。這種深情她是說不完、道不盡的，因此在三個「他」之間又連用了兩個省略號，眞是千言萬語盡在不言中。現在她所要說的，只是祈求蕭遠山不要去爲難他、傷害他。

這時，衆人的眼光都向少林一干老僧望去，哪一個是虛竹之父呢？

玄慈不能不出來了，他說道：「善哉，善哉！既造業因，便有業果。虛竹，你過來！」虛竹彷彿又回到了他的孩童時代，走到玄慈身前屈膝跪下。玄慈向他端相良久，伸手輕輕撫摸他的頭頂，臉上充滿溫柔慈愛，說道：「你在寺中二十四年，我竟始終不知你便是我的兒子！」這一感人的場景，是中國傳統文化生動的父慈子孝圖。

前面我們說過，一個人生活在社會文化生活中，即使是出家當了僧人，他的塵緣情份、天倫之情在實際上是斬不斷的，在行爲上斬斷了，在感情上卻斬不斷；在顯意識層次上斬斷了，在潛意識層次上卻斬不斷。玄慈對將他揭明的蕭遠山說：「蕭老施主，你和令郎分離三十餘年，不得相見，卻早知他武功精進，聲名鵲起，成爲江湖一等一的英雄好漢，心下自必安慰。我和我兒日日相見，卻只道他爲強梁擄去，生死不知，反而日夜懸心。」父母思念兒女「日夜懸心」的天倫之情，如果說連玄慈這樣的有道高僧都不能斬斷，又有誰能斬斷呢？

就佛法而言，玄慈自知鑄成了難以改正的大錯，他朗聲說道：「老衲犯了佛門大戒，有玷少林清譽。玄寂師弟，依本寺戒律，該當如何懲處？」玄寂「這個」了半天也不知說什麼好，玄慈只好以一寺之主的方丈身分下達懲處的指令。

他先是令執法僧將虛竹杖責一百三十棍，一百棍是罰虛竹自己的，另三十棍是虛竹甘願代師父所受的。虛竹受杖時，並不運內力抗禦，最後被打得皮開肉綻，鮮血四濺，痛得站都站不起來了。

接著，玄慈又命執法僧將自己重重責打二百棍，他說：「玄慈犯了淫戒，與虛竹同罪，身爲方丈，罪刑加倍。」他又特別交待執法僧說：「少林寺清譽攸關，不得徇私舞弊。」說著跪伏在地，遙遙對著佛像，自行捋起僧袍。

方丈自罰自的杖責，玄寂首先加以勸阻，但被玄慈正言厲色予以批駁：「我少林千年清譽，豈可壞於我手。」

打了八十杖之後，玄慈已是血濺僧袍。普渡寺道清大師站出來說情，群雄中也有許多人回應。不等玄寂回答，玄慈就朗聲命執法僧快快用杖，他說：「戒律如山，不可寬縱。」

又打了四十餘杖，玄慈已支持不住了。葉二娘哭著叫道：「此事怪不得方丈，都是我不好，是我引誘方丈的。餘下的棍子，由我來受吧！」葉二娘哭著跑過去要伏在玄慈身上。玄慈一指點出，封住了她的穴道，微笑道：「妳又非佛門女尼，何罪之有？」葉二娘穴道被封，動彈不得，淚水簌簌而下。

二百下法杖打完後，玄慈的鮮血流得滿地。

虛竹親睹了玄慈嚴厲懲處自己的悲劇性的一幕，他能說什麼呢？此刻他默默無言，內心激盪仍默默無言，因爲他只能默默無言。他見玄慈向他和母親招手，他不知是該叫「爹爹」，還是叫「方丈」，他是從未叫過「爹爹」的呀。

玄慈伸出手去，右手抓住葉二娘的手腕，左手抓住虛竹，說道：「過去二十餘年來，我日日夜夜記掛著你母子二人，自知觸犯大戒，卻又不敢向僧衆懺悔，今日卻能一舉解脫，從此更無掛罣恐懼，心得安樂。」說完他慢慢閉上了眼睛，臉露祥和微笑。玄慈當衆領受重刑，本也可抵償一時之失足，但他覺得這還不夠，故在受刑之後，即自絕經脈而去，他要以生命的代價實行他的懺悔，清洗少林寺的污跡。

葉二娘和虛竹都在一動不動地緊張聆聽玄慈說話，不知後面還有什麼話要說，等了一會兒，發現玄慈的手掌越來越冷。葉二娘大吃一驚，伸手探他鼻息，竟然早已氣絕而死，她臉色頓時陡變，叫道：「你……你……怎麼捨我而去了？」在兩個「你」中包蘊了多少期待、多少渴望、多少怨恨和多少絕望呀，只見她突然一躍丈餘，從半空中跌在玄慈腳邊，身子扭了幾下便不動了。

嚇暈了的虛竹慌忙叫道：「娘，娘！妳……妳……不可……。」這時的虛竹只知道連聲呼娘，急得語不成句了。他伸手扶住母親，只見一把匕首深深插入她的心口，外面只露出刀柄來。

虛竹急忙點她傷口四周的穴道，又以眞氣運到父親體內，手忙腳亂地想同時救活兩人。旁人見虛竹父母心停氣絕，便勸說虛竹節哀，兩位老人家是不能救活的了。

虛竹卻不死心，繼續施運北冥眞氣搶救，他殷切希望有奇蹟發生，希望百分之一的可能變成百分之百的現實。但是匆匆踏上黃泉路的父母，再也沒有向虛竹回望，哪怕是一眼也好，雖然他深知父母是深深記掛他的。

父母遽然而來，而又遽然而去，天倫之樂的幻想變成了天倫悲情的呼號，虛竹怎能不哭，怎能不放聲大哭。他自幼是個孤兒，就在即將爲孤兒的苦淒劃上一個句號的時候，誰知又頓時跌入了雙親俱失更大的痛楚之中。

這是人間一幕慘烈的天倫悲劇。

奇特戀情

「關關雎鳩，在河之洲。窈窕淑女，君子好逑。」對異性的渴慕和追求，是人之本性，但男性比女性要更為主動和強烈。

虛竹作為一個男性，特別作為一個青年男性自然也是如此。

佛教為出家信徒制定的種種戒律中，有一些並不難做到，如不殺生、不偷盜、不妄語等，這些戒律之所以不難做到，就因殺生、偷盜、妄語並不符合人之本性，不符合人之發展的要求。其中難以作到的只有兩條，一為「不飲灑」。人有生離死別之事，喜怒哀樂之情，沒有酒到場，抒情、遣懷，豈不大大打了折扣。另一戒律「不淫」，更是極難做到。人是有性愛的，有性愛就有對異性的愉悅感和與異性結合的願望（各個時代男女結合的方式是不同的），男女都是如此，雖然男性顯得更外在一些。

玄慈和葉二娘為了他們有過短暫的結合，雙雙付出了生命的最寶貴代價。他們的悲劇從另一方面告訴我們，男女之欲、男女之情作爲人之本性的顯現，是不應扼殺，也是不可能扼殺的，無論他是在家（在家的「居士」可以結婚）也好出家也好，無道也好有道也好。當然，不能扼殺，還可以壓抑，但是壓抑本身，不正說明男女之欲、男女之情是一種活力無限的生命存在、生命活動嗎？而對生命存在和生命活動的壓抑，則是反人性的。

當然，人並非只有男女之欲這種生物性的生命存在和生命活動，人還有精神性的生命存在和生命活動。這兩種生命存在和生命活動是不可分割的有機整體。

因此，我們並不贊同性解放的主張，因爲性解放將人變成單一的性角色，變成爲生物本能驅使和奴役的人，變成與野獸爲伍，失去了人性之光的人。

我們可以看到，虛竹在特殊環境中與西夏公主的結合，是生物性和精神性的雙重結合，是人性之光照耀的結合，雖然在伸手不見五指的冰窖中，誰也看不清誰。

小說是這樣寫的：「這一日睡夢之中……」，「睡夢」既是實寫，也是虛寫；或者說，「睡」是實寫，「夢」是虛寫。故事就發生在虛虛實實、實實虛虛這樣一個特定的環境裡。環境虛實結合的特點，也就定下了虛竹和公主實和虛、生物性和精神性結合的基調。

在冰窖的黑暗之中，童姥將公主從西夏皇宮帶來與虛竹相會。當時，不僅公主在睡夢中，虛竹也在睡夢中，但是他憑著一種特殊的感覺，忽然聞到既非佛像前的檀香，也非魚肉菜香一陣甜甜的幽香，頓時覺得全身有說不出的舒服。似睡似夢的迷糊之中，又覺有一軟軟的東西靠在自己的胸前，他一驚而醒，伸手一摸，竟是柔膩溫暖的人的裸體，他更爲吃驚，還以爲是童姥怎麼了。

一個嬌嫩的少女聲音說：「我……我在什麼地方啊？」虛竹驚得有些呆了，顫聲問道：「妳……妳……是誰？」虛竹之所以一時呆了，因爲他極少接觸女性，二十四年的生涯中只和阿紫、童姥、李秋水三個女人說過話。現在一個裸體少女突如其來，而且就在自己的胸前極近處說話，他的神情能不呆嗎？他的聲音能不顫嗎？

好一個「顫聲」，金庸用得眞妙。

在這個「顫聲」中，虛竹的迷惘、驚異、仰慕、喜悅、羞澀、膽怯、緊張種種複雜的情感、情緒都包含在這一「顫聲」中了。換言之，在這一「顫聲」中，不僅潛意識地顯示了生物性的欲求，而且毫無造作地坦露了精神世界的人性之光。爲何如此說呢？「顫聲」中的羞澀、膽怯、緊張是想接近少女，而又敬重、畏懼少女的反應，這是一種文明的表現，是人性之光的顯現。本來羞澀、膽怯、緊張是女性接近男性時常有的現象，現在倒過來了，體現在一個青年男性虛竹的身上，這就說明虛竹對待少女除了生物性因素的影響之外，更有人性之光的精神朗照。

正因爲有人之爲人不可少的這一點，虛竹在男女的接觸中，他反而處於被動的地位。在他的顫抖的問聲中，那少女定然知道了他的善良和純樸，以及既想接近自己而又害怕自己的矛盾緊張心態，所以見多識廣的少女採取了主動的態勢，當然女性的面子觀念很重，主動是要有藉口作爲僞裝的，她說：「我……我……好冷，你又是誰？」說著便住虛竹身上靠去。你看，我往你的身上靠去，不是因爲我喜歡你，而是因爲冷，而且是好冷才不得不然的，那少女結結巴巴的說了兩個「我」，好像冷得不得了，話都說不出來了。冰窖當然冷，少女說冷有其眞的一面，但也有假的一面。童姥將少女帶來時，是用毛氈裹著的，她要是冷得眞的受不了時，何不將毛氈蓋在身上，但是她卻把毛氈掀開，裸露於虛竹之前，並且找理由往虛竹身上靠去，這不是比虛竹主動得多嗎？

當然，少女的主動是有分寸的，虛竹的被動也只是一時的。當少女正往虛竹身上靠去，虛竹在顯意識裡待要起身相避，採取被動行爲時，他的潛意識卻改變了他行爲的方向，左手扶住了那少女的肩頭，右手攬在她柔軟纖細的腰間。一顆心快要跳出來了，但他卻再難釋手。對於虛竹的主動，那少女自然也做了自己的回應，轉過手來勾住了虛竹的頭頸。這時虛竹不由覺得天旋地轉，全身發抖，顫聲道：「妳……妳……妳」。

這裡又是一個顫聲，比前一個顫聲強烈得多的顫聲。毋庸諱言，這裡的「顫聲」中包含了明顯的性意識，但在虛竹所說的三個「妳」字中，在欲問未問中，也包含了探詢之意在內，這是尊重女性的表現。換言之，虛竹對主動示意的少女並非只有單一的性意識，同時表現出對少女人格的尊重。這後一點就是人的精神，就是人性的光華。這種人性的光華穿透了冰窖的黑暗，使虛竹和少女的結合如詩如夢如畫，成爲一道美麗和明亮的風景。

他們不僅在生物的層次上相互餽贈和相互補充，而且在精神的層次上相互交流和相互構建。他們的結合既是性的結合，又是愛的結合；是靈與肉的全面結合，也是相互補充和相互占有的平等結合。任何一方，既是占有者又是被占有者。

開始虛竹還帶著一種慚愧的心情對少女說：「我玷污了妳冰清玉潔的身子，死一萬次也報答不了妳。」少女是怎麼回答的呢？她說：「千萬別這麼說。」在平等的性愛中，是沒有單純的占和被占有之分的，因此就談不上誰「玷污」了誰的問題。少女對虛竹的回答，正是出於這樣一種平等的性愛觀。小說這樣寫道：「兩人第三日相逢，迷惘之意漸去，慚愧之心亦減，恩愛無極，盡情歡樂。」平等的性愛，是不應有什麼慚愧的。虛竹和少女的性愛，可以說具有某種現代的意義。

他們這一對「夢郎」和「夢姑」三天的生活，既是性生活，又是特殊的文化生活和精神生活。人的性生活如果同時不是一種文化生活和精神生活，那與動物何異？人之高於、超越於動物的地方，並不在於不具有動物性，而是在於這一動物性已經具有文化的、精神的意蘊，因而不是一種純粹的動物性了。因此，人的飲食可以轉化爲美食，人的性欲可以轉化爲性愛。

性愛一語，是包含性與愛兩方面的，在兩者的關係中，性是條件，愛是靈魂。無性之愛或無愛之性，都是人性的異化和人性的殘缺。虛竹和「夢姑」在冰窖三天的生活，是性與愛相合的生活，是人性完整顯現的生活。

在性愛中，性雖是愛的條件，但虛竹將愛看得高於性。他作爲靈鷲宮的主人，又是靈鷲宮的唯一的男人，屬下盡爲服從慣了的女性，他如果想要滿足自己性欲的話，那是易如反掌的。但是，虛竹並沒有使自己成爲欲望的奴隸，爲欲望所役使和驅遣，而是以善良的、尊重的態度對待自己屬下的女性。

他和段譽於靈鷲宮大醉之後，蘭劍和菊劍二女要服侍他更衣，此時，他窘得滿臉通紅，說道：「不，不……我不用姊姊們服侍。」他的羞怯和尷尬，正是文明的顯現。

當他聽說自己醉得一塌糊塗之後四姐妹爲他洗了澡時，他「啊」的一聲大叫，險些暈倒，連喚「糟糕，糟糕！」這裡更加顯示了他尊重女性的善良之心。

虛竹對其他女性的尊重，正好說明了他對心中戀人「夢姑」的鍾愛。冰窖三天恩愛纏綿的生活，「夢姑」不僅成了他的戀人，而且成了他的偶像，他的神話，他的一種追求和理想。這樣，「夢姑」就成了他情感生活中日思夜夢極爲重要的部分。

正是出於這個原因，虛竹幾次鬧出了喜劇性的誤會。

在靈鷲宮中，慕容復見虛竹爲三十六洞、七十二島的英豪拔除「生死符」已顯大效，自己欲將這些草澤異人收爲己用的圖謀已難實現，便準備離宮下山。虛竹出於好客的誠心對慕容復等加以挽留，而慕容復卻以小人之心度君子之腹，以爲虛竹自負天下無敵攔住他們不走。慕容復一行中的包不同更以爲虛竹懷藏王語嫣（其實爲李秋水的小妹）的圖像，「留英雄是假，留美人是眞」，指著虛竹的鼻子大罵他癩蛤蟆想吃天鵝肉。

一時之間，大廳上怔住了兩人，虛竹無端受辱，說他對王姑娘暗起歹心，眞是從何說起。段譽呢？王語嫣一走，把他的魂也帶走了。兩人呆呆的茫然相對，眞有說不出的感慨。

過了許久，虛竹一聲長歎，歎的是人與人之間眞難溝通。段譽卻以爲虛竹的歎聲是爲王語嫣離去而發，跟著也是一聲長歎，說道：「仁兄，你我同病相憐，這銘心刻骨的相思，卻何以自遣？」虛竹一聽，不由得滿臉通紅，以爲他說的是自己和「夢姑」的戀情，口裡不由囁嚅起來，說道：「段……段公子，你卻又如……如何得知？」

這裡，段譽和虛竹一樣發生了誤會。段譽認定虛竹懷藏王語嫣圖像是和自己一樣對王語嫣傾慕之至，適才慕容復等人和虛竹的衝突，在他看來也是因王語嫣而引起的。

王語嫣作爲一個活生生的女人，當然是不能共有的；而她作爲一種美，作爲一種美的象徵、美的寓言、美的理想，卻是可以共用的（即作爲審美對象的共用）。換言之，對美的享有不等於對人的占有。所以，段譽深有感受的說：「不知子都之美者，無目者也。不識彼姝之美者，非人者也。」是的，人之爲人者，就在人有異於動物的審美體驗、審美情感、審美想像和審美判斷。看到女人，特別是美麗的女人，如果只看到她的肉體，而不看到她所流溢的、變幻的、象徵的美，的確那是不能稱之爲人的。

段譽一門心思沈浸在對王語嫣的審美體驗和審美情感之中，誇獎她性情如何和順溫婉，姿容如何秀麗絕俗，他不因虛竹也愛王語嫣（當然這是誤會）而有絲毫的嫉妒。虛竹聽段譽說話一顆心怦怦亂跳，只道段譽在讚美他的「夢中女郎」，但又不敢問他如何認得，更不敢出聲打聽這女郎的來歷，心中尋思：「聽他之言，對這位姑娘也充滿了愛慕之情、思戀之意，我若吐露風聲，曾和她在冰窖中有過一段姻緣，段公子勢必大怒，離席而去，我便再也打聽不到了。」

虛竹和段譽在各自誤會的傷感中自寬自慰，同病相憐，演出了苦思苦戀的誤會喜劇。

虛竹另一次誤會，也與段譽有關。阿紫的雙眼被星宿老怪丁春秋弄瞎後，她要游坦之將鍾靈的眼珠挖出來給她換上。鍾靈是段譽同父異母的妹妹，段譽說若要挖就挖我的吧。後來蕭峰來到，當然不會讓游坦之去挖鍾靈的眼珠。

虛竹原來可說是一個粗人，但自有了和「夢姑」的一段姻緣之後，他的感應的神經變得分外敏感起來了。剛才他聽段譽說，寧可剜了他的眼珠，也不願傷害鍾姑娘，可見段譽情意何等之深。靈鷲宮中，段譽酒後吐露眞言，他和我的戀人似爲同一人。眼前這個鍾姑娘顯然是他的意中人，難道也是和我相聚三天的「夢姑」嗎？

想到這裡，虛竹不由全身發抖，偷偷向鍾靈瞧去。她臉上雖沾了煤灰草屑，但也難以掩其秀美之色。「夢姑」的相貌如何，一點也不知道，但他的觸覺卻留下了深深的記憶，此時如能摸一摸鍾靈的臉龐，摟一摟她的細腰，當可有幾分知曉。但在光天化日、衆目睽睽之下，他如何有那份勇氣呢？

鍾靈的聲音虛竹仔細分辨過，顯然和「夢姑」不同，但一個人的聲音是因情境而異的，在冰窖中和空曠處聽來就頗有差別，綿綿情語和驚恐尖叫更大相逕庭。虛竹仍然不能肯定，當前的鍾靈是否爲自己的「夢姑」？假如不是，自然無妨；但如眞是，卻給段譽做了老婆，那可不知如何是好。此刻，虛竹的心，怦怦亂跳不停。

虛竹的心理衝突，可說是相當激烈。這時他又聽見段譽和鍾靈之間的對話，句句滿溢著相互關切之情。虛竹感到恍恍惚惚、茫然若失。他對「夢姑」的思念到了魂不守舍的程度，就變得特別的敏感。人一特別的敏感，也就容易產生種種誤會。

男女之情的情感，是世界上最深沈、最強烈的情感之一，「中心藏之、何日忘之？」（《詩經．小雅．隰桑》）這種情感，既有生理本能的基礎，又有精神文化的滋養培育，因此它常常顯現爲萬彩紛呈的人性奇葩。對這種情感，虛竹曾以佛門弟子的身分進行過懺悔，而且是痛哭失聲的眞誠懺悔，但是佛門的戒律並不能扼殺這種人性的情感、人性的存在。

好人總有好報。在西夏王宮的三問三答中，虛竹於無意之中找到了自己的「夢姑」，原來是西夏公主。他寫給段譽的書箋上說：「我很好，極好，說不出的快活。」找到了意中人——自己的另一半，虛竹說他「很好」還嫌不夠，又來了一個「極好」，這就是說他生活在極樂世界中，有說不出的快活，這與其說虛竹忘記了佛的戒律，還不如說他深深體驗到了愛情的愉悅和幸福。

嚮美之心

讀者看到「嚮美之心」這個標題的時候，也許有人會悄悄發問：虛竹面相醜陋，而且又是個佛教徒，對人身這個「臭皮囊」向來不加注意，他懂得美嗎？

愛美之心，人皆有之，虛竹自然也不例外。無崖子說他是個「好生醜陋的小和尚」這種話，他生平雖是第一次聽見，但相貌美醜之辨這種天生的審美能力他還是有的。無崖子長鬚三尺，沒一根斑白，臉如冠玉，無一絲皺紋，年紀雖大，但神采飛揚，風度閒雅。金庸小說對無崖子形態之美的上述描寫，是從虛竹的視角來寫的，這說明虛竹懂得美。他又以自己和無崖子比較，微感慚愧：「說到相貌，我當眞和他是天差地遠了。」

無崖子交給虛竹的那幅畫卷，虛竹先後看了幾次，每一次都有不同的審美感受。第一次是在蘇星河面前。卷軸一展開，兩人同時一呆，不約而同的「咦」了一聲，原來所繪的既非地理圖形，亦非山水風景，而是一個身穿宮裝的美貌少女。虛竹說：「原來這便是外面那個王姑娘。」

小說接著從虛竹的視角來描述：「圖畫筆致工整，卻又活潑流動，畫中人栩栩如生，活色生香，便如將王語嫣這個人縮小了、壓扁了，放入畫中一般。」虛竹對此不斷嘖嘖稱奇。虛竹的「嘖嘖稱奇」，既有對畫技，更有對畫中人物的讚美。

以後童姥看到那個畫卷，一見圖中的宮裝美女，便以爲無崖子畫的是李秋水，霎時間滿臉憤怒嫉妒，將圖畫往地上一扔，伸腳便踩。虛竹叫道：「啊喲！」忙伸手搶起。童姥怒道：「你可惜麼？」虛竹道：「這樣好好的一幅圖畫，踩壞了自然可惜。」虛竹愛惜美女圖（不是春宮圖），可見他是有審美能力的。

後來虛竹從已逝的童姥手中將那幅畫拿過來給李秋水看時，一瞥之下，見那似極了王語嫣的宮裝美女，凝眸微笑，秀美難言，心中深有觸動。小說寫畫中美女之美，也是從虛竹視角寫的，他對女性美的觀照，有一種審美直覺的天賦。

虛竹和段譽大醉靈鷲宮後，四女子服侍醉得不省人事的虛竹，洗澡更衣，虛竹聽後大吃一驚，一抬頭見到蘭劍、菊劍，人美如玉，笑靨勝花，他竟手足無措，心中怦怦亂跳，再一次感受了女性之美朗照四方的魅力。

在以爲鍾靈就是「夢姑」的誤會中，虛竹看到鍾靈頭上雖沾滿了煤灰草屑但不掩其秀美之色，虛竹的心又一次爲女性之美而顫慄。

我國古代詩歌對女性之美有過許多出色的描繪：

巧笑倩兮
美目盼兮（《詩經．碩人》）

西方有佳人
皎若白日光
彼服纖羅衣
左右佩雙璜（阮籍〈詠懷詩〉）

中國現代散文家朱自清對女性的丰姿和韻致描繪得也很生動：

我以為藝術的女人第一是有她的溫柔的空氣；使人如聽著簫管的悠揚，如嗅著玫瑰花的芬芳，如躺在天鵝絨的厚毯上。……她的一舉一步，一伸腰，一掠鬢，一轉眼，一低頭，乃至衣袂的微揚，裙幅的輕舞，都如蜜的流，風的微漾……而微笑是半開的花朵，裡面流溢著詩與畫無聲的音樂。

《女人》

對女性美的感受和觀照，應是無私欲、超功利，即無目的的。虛竹正是這樣，他雖多次爲女性之美而觸動，但坐懷不亂，發於情而止乎禮。

對衣的美醜，虛竹也是有分辨能力的。他幼受師父教導，須時時念著五蘊皆空，不可貪愛衣食，因此對衣著全未著心在意。五蘊是指構成人和萬物的五種類別——色、受、想、行、識（色，相當於物質概念；受，即感受；想，指理性活動、概念活動；行，此指造作，即心理活動、意志活動；識，了別的意思；「了」謂覺了，「別」謂分別，能夠就所對境界覺了分別，名爲「識」）。五蘊又有廣狹兩義之分。廣義是指因緣和合的事物的總概括，即物質世界（色蘊）和精神世界

（受、想、行、識四蘊）的總和；狹義爲現實人的代稱。大乘佛教不僅否認五蘊和合體即人我的眞實性，也否認五蘊的眞實性，認爲一切皆空，空即一切。《般若心經》即如是說：「色不異空，空不異色，色即是空，空即是色；受、想、行、識，亦復如是。」這是說，色、受、想、行、識五蘊皆空，空即五蘊。既然如此，那麼愛衣喜食，就顯得沒任何意義了。

但是，人並非是生活在抽象觀念中的人，而是生活在現實中的人。現實的人天生就有好美之心。所以，當虛竹的屬下余婆婆提出請他換一件衣裳的時候，虛竹看看自己破爛骯髒的僧袍，再看看屬下衆女華麗的衣飾，他不由自慚形穢。什麼事就是怕比，不比不知道，一比嚇一跳。虛竹一比就知道自己的穿著太不像話了。

一件五彩斑斕的新衣製作出來了。這是件長袍，以一條條錦緞縫綴而成，紅黃青紫綠黑各色錦緞條紋相同，既華貴又雅致。

虛竹見了又驚又喜，當即除下僧衣，將長袍披在身上，長短寬窄，無不貼身。

三分人才，七分打扮。虛竹相貌雖醜，這件華貴而又貼身的袍子一上身，登時大顯精神，衆人盡皆喝彩。虛竹又是高興，又是羞愧，手腳也不知往哪放好了。

不能感受美的人，是殘缺的、畸形的、變態的人。因爲美歸根到底來說，是生命之美、人性之美、人生之美。因此對美的感受和熱愛，既是不能脫離具體對象的，又是超越具體對象的，而擴展爲對所有的生命之愛，對整個的人生之愛。因此，不能感受美、熱愛美的人，是不可能感受生命、熱愛人生的。這種人是可憐的，也可能是需要防範和警惕的人，例如，丁春秋和慕容復即是。特別是慕容復，放著外秀內慧且一直苦戀自己的王語嫣不要，偏偏要去做什麼復興燕國的白日夢，結果不是導致人格變態、精神分裂嗎？

美的形態是多種多樣的。對美的感受和觀照如果限於一隅，那也失之偏頗。美的形態有多種多類法，如從陰柔陽剛之分來說，陰柔之美，「如清風，如雲，如霞，如煙，如幽林曲澗，如淪，如漾，如珠玉之輝」；陽剛之美，如「如霆，如電，如長風之出谷，如崇山峻崖，如決大川，如奔騏驥」（清．姚鼐〈復魯絜非書〉)。陰柔和陽剛之美是相互聯繫和相互包含的，在具體對象中可以有所偏重，但不可偏廢。就人而言，柔而無剛者，易失於軟弱和委靡；剛而無柔者，又易導致乖張和暴戾。

可喜的是，在虛竹的審美情感中，不僅有陰柔之美(秀美)的蕩漾，更有陽剛之美(壯美)的飛揚。下面我們舉一些後者的例子。例如，他救刀下的童姥，救受丁春秋幻術引誘即將步入死亡之淵的段延慶，都是陽剛之美的顯現。

值得大書而特書的，是虛竹助蕭峰大戰少室山。少室山上，蕭峰與千百群雄激戰，衆寡懸殊，形勢顯然對蕭峰極爲不利。但蕭峰作爲一個頂天立地的英雄好漢，環境越是險惡，他越是豪氣勃發。他向著隨身的十八名武士，又拉著段譽的手說：「兄弟，你我生死與共，不枉了結義一場，死也罷，活也罷，大家痛痛快快的喝他一場。」

虛竹既爲蕭峰的豪氣所激發，又爲段譽的義氣所感動，毅然決然地從圍攻蕭峰的少林群僧中走出來，這時他把什麼安危生死、清規戒律一概丟在腦後了。

蕭峰不知虛竹身負絕頂武功，見他只是少林一名低輩僧人，功夫可能有限。

但若教他避在一旁，反而小看他了。蕭峰對他和段譽說：「兩位兄弟，大家痛飲一場，放手大殺罷！」

虛竹接過蕭峰剛飲過的盛酒皮袋，熱血如沸，豪氣沖天，飲過一口後，即向丁春秋擊去。

這種如長風出谷，如崇山峻崖的陽剛之美，是虛竹豪情、虛竹人格的壯麗的風景。

陰柔之美（秀美）為美，陽剛之美（壯美）更為美，因為它更體現了一個人情感的深度和強度。虛竹假若沒有這一感人的表現，他的情感世界肯定缺乏動人的丰采。

我們之所以將虛竹的陰柔之美和陽剛之美相結合的嚮美之心，放在「感情篇」中來論述，就因為虛竹的嚮美之心本質上是情感性的東西，這其中當然也包含有理性在內，但理性在這裡已經情感化了，雖和理性有聯繫，但二者又有很大的不同：理性是冷峻的刀，情感是熱情的火；理性是既定軌道的運行，情感是自由自在的狂歡。在人的精神層次中，情感處於基礎性的層次；而理性的東西，則屬於精神層次的上層結構。虛竹挺身而出，之所以能將種種清規戒律置之不顧，就在於那些清規戒律缺乏情感的基礎，因而在情感激流的衝擊下，頃刻土崩瓦解了。

情感，特別是審美情感，那才是生命的動原、人性的奇葩。

虛竹的人生哲學

處事篇

以和爲貴

敵與友，向來是對立森嚴的壁壘，不可逾越的鴻溝。人間一幕幕的悲劇，大都與敵友的對峙相關。虛竹卻力圖消除敵友的隔閡，化解他們的仇怨。

童姥與李秋水，本爲同門師姊妹，只因爭奪與無崖子的愛情，兩人互相加以傷害。不解之怨就此結下了，幾十年都不能化解，雙方均欲置對方於死地而後快。

在童姥和李秋水的爭鬥中，虛竹始終保持不偏不倚的態度。哪方無理，他就指責哪一方；哪邊處於劣勢，他也就站在哪一邊。

虛竹背負童姥躲避烏老大等人的追殺途中，遇到李秋水有意尋來。童姥知道這是她的老對頭，催促虛竹快走，虛竹不知原因，正猶豫間，童姥給了他一個耳光。而李秋水說話則柔聲細語，彬彬有禮，令虛竹頓生好感，越發不肯負童姥走了。看來他是站在李秋水這一邊的。

突然間白光一閃，童姥戴著寶石指環的拇指被李秋水削斷。虛竹批評李秋水，「妳們是同門姊妹，出手怎能如此厲害？」

李秋水對童姥一邊假裝訴說思念之情，一邊又是一道白光將她的左腿截下。虛竹怒聲喝道：「同門姊妹，怎能忍心下此毒手？妳……妳……妳簡直禽獸不如！」這就不是一般的批評，而是怒聲的指斥，虛竹這裡連用了三個「妳」，可見他憤慨之極。

面對虛竹的喝罵，李秋水感到委屈，她揭開蒙在臉上的白綢，只見她臉上縱橫交錯構成「井」字的劍傷。虛竹問這是不是童姥害的？童姥承認李秋水的臉是她劃花的，但先害她練功走火入魔，永如幾歲孩童一般不能長大，又是誰的狠毒呢？

李秋水和童姥分別向虛竹訴述彼此的仇怨，虛竹自然而然的作起公正人了。他聽完後初步判定：兩人的恩怨，是李秋水作惡於先。

現在，李秋水仍然不放過處於劣勢地位的童姥。她拿著一把匕首在童姥沒斷的右腿前比來比去，還說是「成全妳到底罷」。

虛竹見此大怒：「這女施主忒也殘忍！」他不及細想，急衝而前，抱起童姥便往山峰頂上疾奔。

當天晚上，童姥傷口疼痛，更兼心情憤恨，不住口的痛罵無崖子和李秋水。虛竹勸她遠離「貪瞋癡」三毒，不要再想念妳的師弟，也不要去恨妳的師妹，心中便無煩惱了。

虛竹所說的「貪瞋癡三毒」是什麼呢？

貪，即貪欲、貪愛。有點愛、有點欲，似無大礙，但一貪就不好了，貪生怕死、貪權好色、貪得無厭、貪贓枉法，最終都是害人害己的。

瞋，又稱瞋恚，即忿怒、仇恨，謂仇恨可惡的境界和損害他人的心理。忿怒的情緒、仇恨的心理，不僅會損害自己的身體（中醫常說：「怒則傷肝」，《遺教經》也說：「瞋心甚於猛火」），而且會使自己的精神失去平衡，甚至喪失理智，產生種種過分的行為。所以，對人持一種寬容、寬厚的態度，化干戈為玉帛，總比瞋目切齒，劍拔弩張，要好得多。

癡，即愚癡，愚昧無知。對於一切事理，愚癡迷暗，不了解真相，故癡也稱爲「無明」。童姥、李秋水，你說她們聰明不聰明，可說是聰明絕頂，少有人及。但是她們一生又是聰明反被聰明誤，幾十年就是被貪瞋癡三條毒蛇纏得緊緊的，活得太累了，太不值了。從這點來說，她們又何其癡，何其愚，並且可謂癡中之癡，愚中之愚。

所以，在佛教教義中，貪瞋癡，稱爲「三毒」，亦稱「三垢」、「三火」。此三者毒害衆生，成爲產生人生一切煩惱的根源，《涅槃經》說：「毒中之毒，無過三毒。」這是深中肯綮、發人深省的。

虛竹從佛法的角度，勸說童姥遠離貪瞋癡三毒，目的在於化解仇怨、以和爲貴。但是爲仇怨燒紅了眼的童姥怎能聽得進去，她怨道：「我偏要想念你那沒良心的師父，偏要恨那不怕醜的賤人。我心中越是煩惱，越是開心。」童姥的心理已經嚴重變態了。虛竹搖了搖頭，不敢再勸了。

無論是童姥，還是李秋水，勸說是沒有用的，你看，東尋西找，李秋水還不是尋到童姥練功的藏身之地——西夏皇宮的冰窖來了。她以高深的內力一個時辰又一個時辰的不斷說話，一會兒說兩人同窗情誼，一會兒又說無崖子對她的相愛，一會兒又罵童姥是天下第一賤人。總之，她要全力阻擾童姥功德圓滿的最後一次練功。

虛竹擔心的也正是童姥練功的兇險，於是便勸她暫且擱下不練。童姥說：「你寧死也不肯助我對付這個賤人，卻如何又關心我的安危？」

虛竹一怔，說：「我不肯助前輩害人，卻又絕不願別人加害前輩。」虛竹所持的正是這種兩不相助的原則，但是救助處於劣勢的一方，則不在這個範圍之內。

掌風呼呼，兩個死對頭打起來了。虛竹心下焦急：他想幫一下童姥，因爲她斷了腿，久戰必定不利。但又想如果童姥占了上風，心狠手辣的她又一定會殺了她師妹，這可又不好了。幫還是不幫？虛竹陷於兩難的境地之中。

只聽得啪的一聲大響，童姥「啊」的一聲長叫，似已受了傷。李秋水並不放過她，更厲害的一掌接著而來，虛竹無暇思索，便以另一種掌力將之化開。

見兩人越鬥越狠，虛竹勸道：「師伯，師叔，妳們兩位既是一家人，又何必深仇不解，苦苦相爭？過去的事，大家揭過去也就是了。」

李秋水對虛竹說：「你年紀輕，不知道老賊婆用心的險惡，你站在一邊……」她話未完，童姥在虛竹身後突施暗襲，這一次是李秋水受傷了。

童姥偷襲成功，又繼續掌聲呼呼的擊去。虛竹叫道：「前輩，休下毒手！」便以童姥所傳的功法擋住她擊李秋水的三掌。這是童姥沒有料到的，此刻她已大占上風，虛竹竟會反過來去幫李秋水。

虛竹幫了這邊又幫那邊，的確是夠難為他了，他說：「前輩，我勸妳們顧念同門之誼，手下留情。」

李秋水得虛竹之助，避過了童姥的急攻，又繞過虛竹身畔向童姥攻去。

虛竹處身其間，知道自己功夫有限，實不足以拆功，只得長歎一聲退了開去。

兩人相鬥良久，猛聽得噗的一聲響，接著又是一聲痛哼，童姥被李秋水推得撞向堅冰，從石階上滾了下去。虛竹一探鼻息，竟已沒了呼吸。

他又是驚惶，又是傷心，叫道：「師叔……妳……妳……妳將師伯打死了，妳好狠心。」說著忍不住哭了起來。本來他是不願哪一方受傷殞命的，和和平平的該多好。

李秋水怕童姥裝死，又發掌拍斷了她的幾根肋骨。

虛竹見李秋水連童姥的遺體都不放過，又揮手擋住了李秋水接連拍出的四掌。

突然之間，李秋水長聲慘呼，中了童姥猛擊的一拳一掌，手中的火炬也脫手飛出，燒著了護冰的棉花，棉花的燃燒又融化了寒冰。

三人都泡在冰水中了。虛竹身處兩人之間。童姥和李秋水雖已兩敗俱傷，絕難活命，但都要對方先死一步，故隔著虛竹各發內力攻擊。虛竹要不是曾得無崖子七十餘年功力相授，在兩大高手的夾擊下早已送命。

冰水慢慢又結了冰，童姥和李秋水雖不能再夾擊虛竹，但二人十分之九的眞氣內力已進入虛竹體內，與無崖子傳給他的內力合併。合三爲一之後，虛竹力道沛然不可復禦，被封穴道立時衝開，身上的堅冰也即刻崩裂。他想：「不知師伯、師叔二人性命如何，須得先將她們救了出來。」這眞是由衷的不偏不倚啊。

虛竹將兩人救出城外後，兩人同時醒了過來。虛竹大喜，一躍而起，站在兩人中間連連合十行禮，說道：「師伯、師叔，咱們三人死裡逃生，這一場架，可再也不能打了！」她們兩人的性命是虛竹救的，就是看在虛竹的面子上，也要聽聽他的勸說。可這兩個冤家說什麼呢？一個說：「不行，賤人不死，豈能罷手？」一個說：「仇深似海，不死不休。」虛竹看著她們這樣，雙手亂搖，說道：「千萬不可，萬萬不可！」說了一個「千萬」似嫌不足，又加了一個「萬萬」，可見虛竹的焦急之狀。

李秋水欲縱身向童姥撲去，哪知剛伸腰站起，便即軟倒。童姥準備雙手迴圈，凝力待擊，但雙臂說什麼也不聽話。她們二人形神俱衰，即將虛脫，但仇恨之火仍熊熊燃燒。這是怎樣的不解仇怨？

虛竹見二人無力搏鬥，心下大喜：「這樣才好，兩位且歇一歇，我去找些東西來給二位吃。」誰知這兩個同門姊妹正在全力運功，準備給對手最後一擊。見此情狀，虛竹又不敢離開了。他實在想不通，童姥九十六歲，李秋水至少也有八十多歲，到了這種行將就木的年紀，爲什麼火氣還是這麼大，還是如此看不開。

她們一葉蔽目，不見泰山，偌大的一個世界，眼睛只盯著自己的所謂「仇恨」，這不是太可憐，太可悲了嗎？

其實，童姥和李秋水之間的所謂「仇恨」，不過是爲爭一個無崖子罷了。爲了爭無崖子，而導致互相傷害，導致幾十年不解的怨仇，這値得嗎？況且無崖子一生鍾情的，既非此，也非彼，而是李秋水的小妹子。

童姥第一次看虛竹所藏的圖畫時，以爲無崖子畫的是李秋水。她在臨終前，要虛竹再將圖畫拿來，好讓她撕個稀爛，便再無掛心之事。但是她所看到的並不是李秋水，故而突然哈哈大笑，叫道：「不是她，不是她，不是她！哈哈，哈哈，哈哈！」大笑聲中，兩行眼淚從頰上滾滾而落，接著無聲無息了。童姥死前所喜的是無崖子並未將李秋水放在心上，所悲的是什麼，她未說，也來不及說了，就是說也說不完的。她將李秋水視爲情敵，但實際上這是一個假想的情敵。勝過黃金的寶貴光陰，人生的大好歲月，就白白耗費在和假想之敵的鬥爭上去了。

李秋水呢，她的人生感慨如何？當她將無崖子的那幅畫展開，只看得片刻，神色頓即大變，雙手發抖，連那畫也簌簌顫動，她低聲道：「是她，是她，是她！哈哈，哈哈，哈哈！」李秋水和童姥看畫後，所說所思，所感所歎，何其相似乃爾。

她們的悲劇同出一源，照李秋水臨終前的話說：「師姊，妳我兩個都是可憐蟲，都……都……教這沒良心的給騙了。」其實，也不能說無崖子騙了她們，他的情感專注的對象，她們是應該知道的。她們覺醒得太遲了，一直走到生命的盡頭，方才意識到她們各自不死不休的仇敵，原來都是與己同病相憐的可憐蟲。還不是覺醒得太晚了嗎？

在童李之間，虛竹一直努力地勸和，雖然失敗了，但二人的生命悲劇卻從反面肯定了以和爲貴的精神是人類生命中一輪不可缺少的太陽。只有這輪太陽，才能融化仇恨的寒冰。

虛竹堅持以和爲貴的實踐，也有取得突出成功的例子，這就是處理靈鷲宮和諸洞島英豪的仇怨問題。

靈鷲宮原主人童姥爲制服三十六洞和七十二島各英豪的叛異之心，給他們其中許多人身上種了「生死符」。後來各洞島英豪攻上縹緲峰，殺死殺傷了靈鷲宮的許多姊妹。靈鷲宮和各洞島之間，不僅有宿怨，而且有新仇，如何解開這個疙瘩呢？虛竹採取的是以簡單對複雜的方法，即寬容、寬厚的方法，應允爲各洞島人取出「生死符」。仇恨的疙瘩最早從哪裡結成，就先從哪裡解開。路是一天走不完的，仇怨也不是一天可以消除的。

但靈鷲宮的人不願意了。梅劍冷冷的道：「主人應允給你們取出生死符，那是他老人家的仁慈。可是你們大膽作亂，害得童姥離宮下山，在外仙逝，你們又來攻打縹緲峰，害死了我們鈞天部的不少姊妹，這筆帳卻又如何算法？」

群豪面面相覷，覺得梅劍所說確有道理。反叛靈鷲宮，殺死殺傷許多姊妹，豈是哀求幾句便能了事。虛竹作爲童姥的傳人，對此也不會置之不理。

烏老大的確是夠聰明的了，他摸準了虛竹忠厚老實的脾氣，若由他出手懲罰，定比梅蘭竹菊四劍爲輕，於是便領群豪向虛竹跪了下來。

虛竹一時也沒什麼主意，問梅劍該當怎麼辦。梅劍說，這些都不是好人，非叫他們償命不可。

一洞主向梅劍深深一揖，求她大人大量，向虛竹子先生美言幾句。梅劍並不賣帳，臉一沈說道：「那些殺過人的，快將自己的右臂砍了。」

虛竹覺得左右為難，一方面覺得懲罰太重，一方面又不想得罪梅劍，「這個……這個」了半天也沒說出什麼來。

這時段譽出來了。虛竹既敬重段譽的人品，也未忘段譽的恩德（虛竹背負童姥被李秋水從山峰上打下時，曾蒙段譽相救），現在由段譽出來實行責罰，使他擺脫尷尬境地，他正求之不得。

段譽說，第一大家須在童姥靈前磕頭懺悔，第二須在死難姊妹靈前行禮，第三要永遠臣服靈鷲宮。

接著，虛竹又吞吞吐吐的加了「兩點意思」，一是今後行走江湖，不要與少林僧俗弟子為難，二是不可隨便傷人殺人。

段譽的三條中的頭二條只是象徵性的責罰，群豪自然樂於接受；段譽的第三條和虛竹的「兩點」，只是一種要求，一種希望，那更沒有什麼不可應允的。

多年的仇怨就是這樣解決了。諸洞島英豪一個個無不口服心服。靈鷲宮諸女也因新主人虛竹發了話，不好再表示什麼異議。

處事以和爲貴，實在是太重要了。人間的許多悲劇大部分是由「仇怨」一手導演的。童姥和李秋水的去世，是由「仇怨」引領她們走上不歸路的。蕭峰是因宋和遼的仇怨，而英年早逝的；玄慈和葉二娘的死是因慕容博挑撥宋遼矛盾而未盡天年的。《天龍八部》中其他有名有姓或無名無姓的死者，他們的生命也大都爲「仇怨」所吞噬。

人與人之間本應是朋友，是兄弟，爲什麼要相互傾軋、兵戎相見呢？爲什麼要用無數寶貴的青春和生命一代又一代去餵養「仇怨」這一頭人間怪獸呢？

忍讓寬容

虛竹在人際關係中，除和丁春秋等個別人物外，一般少有衝突，這與他的忍讓妥協的處事方法有關。

虛竹剛一下山，便遇到風波惡要和他比武的挑戰。一個是步步緊逼，一個是一讓二讓三讓。包不同勸說虛竹還手：「你和風波惡打架，不管誰輸誰贏，你又多了一番閱歷，武功必有長進。」

風波惡見他全無半分武林中人的豪爽慷慨，連連搖頭歎道：「你對武學瞧得這麼輕，武功多半稀鬆平常，這場架也不必打了。」

虛竹一聽，如釋重負，說道：「是，是。」對他來說，不打架眞是太令人高興了。而這是用忍讓換來的。

武功平常，忍讓妥協這是可以理解的，因爲打不過別人，胳膊扭不過大腿。而當武功大有長進，並且遠遠超過對手的時候，虛竹是否就飛揚跋扈呢？

虛竹作了靈鷲宮主人後，三十六洞和七十二島各路英豪攻上了縹緲峰，他們要找童姥復仇，並找尋破解生死符的秘訣。

虛竹當時怕人認出，在臉上塗了許多污泥。但烏老大聽他說話，便認了出來，一縱身扣住了他右手脈門，問他：「童姥到了這裡麼？」

群豪一見，七嘴八舌的喝問：「小子，你是誰？怎麼來的？」「誰派你來的？童姥呢？她到底是死是活？」

面對氣勢洶洶的喝問，虛竹一一回答，態度甚是謙恭。他告訴大家，童姥確已去世。他奉勸大家不必再念舊怨：「大家在她老人家靈前一拜，種種仇恨，一筆勾消，豈不是好？」

有人又問：「童姥臨死之時，你是否在她身畔？」虛竹說：「是啊。最近幾個月來，我一直在服侍她老人家。」群豪對望一眼，幾乎同時想到：「破解生死符的寶訣，說不定便在這小子的身上。」

於是，群豪之間一場爭控虛竹的鬥爭開始了。

原來是烏老大扣住了虛竹右手脈門，現在珠崖二怪一個扣住了虛竹左手脈門，一個將劍架在烏老大的脖子上，叫他趕快鬆手。

其實，無論是烏老大也好，還是珠崖二怪也好，憑他們那一點功夫，哪能控制住武藝超群的虛竹。為了消解仇怨，此時的虛竹平靜地忍讓著他們的驕橫，並不想與他們為難。

珠崖二怪以為眞的將虛竹控住了，又來搜他的衣袋。這種常人不能忍的事，虛竹容忍了，他想：「你們要搜便搜，反正我身邊又沒見不得人的物事。」

二怪將虛竹懷中的東西摸出來，第一件便是無崖子給他的那幅圖畫。

那張圖曾被童姥踩過，又在冰窖中浸過，但圖中的美女仍是栩栩如生、出神入化，似要從畫中走出來一般。大廳上幾百對目光一下被牽引過來，又不約而同向王語嫣瞧去。圖中其實不是王語嫣，而是李秋水的小妹子。李秋水有個女兒，嫁在蘇州王家，人稱王夫人，王語嫣是王夫人的女兒。因有這種血緣因素的影響，故圖中的畫像極似王語嫣。而衆人不知其中詳情，故對虛竹揣像或「咦」，或「哦」，或「呸」，或「哼」。「呸」和「哼」，其意甚明，那就是對虛竹的憤怒和輕蔑：一個和尙揣著王語嫣的畫像，那不是癩蝦蟆想吃天鵝肉嗎？

他人對自己的憤怒和輕蔑，再遲鈍的人也是會感應得到的。但虛竹既沒有說什麼，也沒作什麼，這種忍不能忍的精神眞是修到家了。

虛竹不僅忍住了，而且還讓二怪繼續搜。一張度牒，幾兩碎銀，幾塊乾糧，一雙布襪，統統掏出來了，如此而已。

縹緲峰的諸英豪中，有二人值得特別道及。一是「一字慧劍門」高手卓不凡，除他外滿門師徒均爲童姥殺光，他此次上山，見童姥已死，師門大仇難報，便轉而想法從虛竹處得到破解生死符的法門，以挾制群雄作威作福。而號稱「芙蓉仙子」的崔綠華卻又是另一門心思。她兄長爲三十六洞中的三個洞主聯手所殺，她想只要殺了虛竹，無人知道童姥的遺言，那三個洞主的生死符也就永難破解，其死狀之慘必將超過兄長百倍，這豈不比自己親手報仇更爲快意？

兩人都想在虛竹這裡實現自己的圖謀，便一左一右抓住了虛竹的手腕。氣焰是何等的囂張。

虛竹想到不平道人爲自己誤殺的慘狀，心中遺憾萬分，便向他們告饒。

卓不凡說：「你要我不傷你性命，那也容易，你只須將童姥臨死時的遺言，原原本本的說與我聽，便可饒了你。」

崔綠華說道：「小妹卻沒你這麼好良心，我便是瞧著這小子不順眼。」她一邊微笑，一邊突向虛竹胸口揚出兩柄飛刀。

虛竹來不及細想，雙手一振，將卓不凡和崔綠華同時震開。

崔綠華雖跌出幾步，但仍將飛刀向虛竹疾射。卓不凡怕虛竹被殺，舉劍往飛刀撩去。崔綠華跟著又有十柄飛刀連珠擲出，其中三刀擲向卓不凡，其他七刀則向虛竹射去，他的面門、咽喉、胸膛、小腹，盡在飛刀籠罩之下。

虛竹隨抓隨拋，一陣叮叮噹噹之聲響過，崔綠華的十二柄飛刀和卓不凡的長劍，皆投在腳邊。

兩人手無寸鐵，心裡都沒了主意，一個臉色蒼白，一個眼神驚懼。

虛竹並不自恃武功了得，反向他們道歉：「兩位請勿見怪，在下行事鹵莽。」他只求息事寧人，將十三件兵器捧送到二人面前。

崔綠華將虛竹真誠的歉意誤認是故意的羞辱，雙掌運力，向他胸膛猛擊，此時，虛竹正雙手捧著兵器，沒有還手，但他體內的真氣以一股無比猛烈的力量，呼的一聲將她重重撞在石牆之上，噴出兩口鮮血，受了重傷。

卓不凡見狀，知道自己萬萬不是虛竹的對手，雙手一拱，說道：「佩服，佩服，後會有期。」

虛竹仍以忍讓融和的態度說道：「前輩請取了劍去。在下無意冒犯，請前輩不必介意。前輩要打要罵，爲不平道長出氣，我……我決計不敢反抗。」

虛竹息事寧人的忍讓寬容是少見的，一般的武林高手決計不會如此，哪有武藝遠勝於對方反向對方賠禮的。所以虛竹這幾句話在卓不凡聽來全成了刻毒的譏諷，劍也不要便朝外走去，他哪能理解虛竹寬容的胸懷和高超的境界。

卓不凡走了，各洞島英豪卻留了下來。虛竹的忍容和寬容終於融化了仇恨，開出了友誼的花朵。

虛竹的忍讓和寬容，既非被動的退守，也非弱者向強者的乞求，而常常是在自己處於有利的情況下表現出來的，因而更使人敬佩。

鳩摩智仗有藝壓群雄的武功，稱霸少林，打傷玄渡大師。虛竹爲玄渡大師療傷後，向衆僧指出鳩摩智的功法非佛門武功。鳩摩智接著便向虛竹挑釁，虛竹則以深厚的內功克制了他的掌力。

玄慈方丈見此，知虛竹足可與鳩摩智匹敵，便命虛竹出面與鳩摩智交手。虛竹開始處於守勢，但拆至數百招後，漸脫困境，十招中已能占到四成攻勢。鳩摩智變得情急起來，殺意陡盛，從布襪中取出一柄匕首，陡向虛竹肩頭刺去。虛竹雙手牢牢抓住對方手腕，匕首噗的一聲插入他的肩頭，直沒至柄。

鳩摩智以吐番國國師的身分，卻打不過少林的一名小僧，已經聲名掃地，再使兵刃偷襲，更顯卑鄙無恥。

對這種人，是應該教訓教訓的。

這時，突然從人叢中搶出四名僧人，四柄長劍青光閃閃，同時刺向鳩摩智的咽喉。鳩摩智待向後躍避，雙手已早被虛竹抓住，只聽四僧齊聲喝道：「不要臉的東西，快納命罷！」這眞是殺傷鳩摩智的大好時機。

虛竹轉頭看時，這四僧竟是梅蘭竹菊四人所扮。他驚詫無比，叫道：「休傷他性命！」

虛竹爲鳩摩智的卑鄙手段所傷，吃了大虧，按常理常情，是應給對手一點厲害嚐嚐的。而虛竹卻以超越常人的寬容大度，叫四女休傷他性命。

常人做不到的，虛竹做到了。

忍讓、寬容，這不是弱者的表現，而是強者的標誌、英雄的風範。

平等相待

魯迅在《燈下漫筆》中說：「我們自己是早已布置妥貼了，有貴賤，有大小，有上下。自己被人凌虐，但也可以凌虐別人；自己被人吃，但也可以吃別人。一級一級的制馭著，不得動彈，也不想動彈了。」

每個人既是上一級的奴才，又是下一級的主子。這正如有人說的，得勢時往往對下吆喝著：「靠邊！往下站！什麼東西！」而對上司又奴顏婢膝，唯唯諾諾地說：「是！大人！老爺！」這種不平等的等級意識，在相當部分的中國人中是根深柢固的。

以前有個人說過，人投生於世間，有如天上落下的花朵，有的飄落在金玉滿堂的茵席之上，有的則墮入茅廁之中。如果說上面魯迅說的不平等是由宗法制度決定的話，那麼這裡所說的不平等，則是由先天命定的。

但是，佛教無論是印度佛教還是中國佛教大都認爲衆生由於是因緣和合而成，所以彼此是平等的。到了禪宗那裡，衆生平等的思想得到進一步的闡發，這在惠能和弘忍的對話中有其生動的表現：

弘忍和尚問惠能曰：「汝何方人？來此山禮拜吾，汝今向吾邊復求何物？」惠能答曰：「弟子是嶺南人，新州百姓。今故遠來禮拜和尚，不求餘物，唯求作佛。」大師遂責惠能曰：「汝是嶺南人，又是獦獠（古代黃河長江流域一帶人對南方土著部落的稱呼），若為堪作佛？」惠能答曰：「人即有南北，佛性即無南北；獦獠身與和尚不同，佛性有何差別？」

惠能最後的回答非常明白，人雖有南北之分，但佛性無南北之分。蠻夷身分與和尚身分雖有不同，但二者的佛性沒有什麼差別。佛性相同，佛性平等的思想，對虛竹產生了重要影響。

虛竹面對少林高僧，既是敬重的，也有服從慣了的方面。但他對待下屬，則毫無高人一等的主子意識。這種平等觀念，能從虛竹身上鮮明地體現出來，十分寶貴，十分難得。

在虛竹看來，人與人之間應是平等的。他即使有恩於人，也不願別人謝恩。童姥被烏老大劫去後，幸爲虛竹所救，後來童姥被李秋水削去一條腿，又是虛竹助其死裡逃生。爲此，靈鷲宮一女子向虛竹叩謝說：「先生大恩大德，小女子雖然粉身碎骨，亦難報於萬一。」那女子說完後，許多女子同時向他磕頭，虛竹弄得手足無措，連說：「不敢當，不敢當！」忙也跪下還禮。童姥喝道：「虛竹站起！她們都是我的奴才，你怎可自失身分？」虛竹又說了幾句「不敢當」，這才站起。

靈鷲宮新主人的位置，是童姥臨終前傳給他的。當童姥令眾女向虛竹叩謝時，虛竹雙手亂搖，說：「罷了，罷了！我怎能做妳們的主人？」你看他那個急得雙手亂搖的樣子，顯得十分緊張。

虛竹遇到跪謝這種尷尬事，不只一回，靈鷲宮一姓程女子身受重傷，命在頃刻，虛竹見後，立即搶救，大見功效。眾女震驚之餘，齊聲歡呼，又是不約而同拜伏在地。虛竹驚道：「這算什麼？快快請起，請起。」虛竹眞拿她們沒有辦法。

在將童姥遺體送回靈鷲宮的路上，虛竹爲了趕路，先上了駱駝。而眾女說什麼也不肯乘坐，只是牽了駱駝在後步行跟隨，她們早已習慣了這種尊卑有別、貴賤殊異的生活方式。要改變她們基於奴性文化心理的行爲規範，虛竹還眞費了一番口舌，他說，咱們得儘快趕回去，不然天氣暖和了，童姥遺體恐怕途中有變。經虛竹一說，衆女當然不敢違拗，勉強上了駱駝，但仍在虛竹坐騎之後遠遠隨行，保持著上下有別的習慣。

衆女精神上的重重枷鎖，使她們不敢也不能與虛竹並轡齊驅。難啊！這是不易縮短的一段長長的心理距離和文化距離。虛竹和靈鷲宮女子之間，不僅存在著兩種行爲方式的差異，而且存在著兩種話語系統缺乏溝通的矛盾，許多誤解也就由此而生。

在稱呼問題上，虛竹曾和下屬發生過嚴重的誤會。虛竹詢問靈鷲宮昊天部爲首的老婦，該如何稱呼她，那老婦說：「奴婢夫家姓余，老尊主叫我『小余』，尊主隨便呼喚就是。」虛竹想，自己年紀輕，既不能叫她「小余」，也不能讓她叫自己爲「尊主」，於是便對老婦說：「余婆婆，我法號虛竹，大家平輩相稱便是，尊主長，尊主短的，豈不折殺了我麼？」虛竹的一番話嚇得老婦拜伏在地，流淚懇求虛竹開恩，要打要殺都可，就是不要將她趕出去。靈鷲宮中上下貴賤之分向來是嚴格的。如果下屬不叫主人爲尊主，大家平輩相稱了，那不等於要將老婦逐出靈鷲宮去嗎？

虛竹見此一驚，忙將老婦扶起，這種平輩相待的舉動更嚇壞了靈鷲宮的衆女，一起跪下求「尊主開恩」。虛竹更爲驚詫，忙問原因，才知童姥怒極時，往往以反諷之語禮貌待人，隨之而來的定是苦不堪言的慘禍。此時衆女見虛竹對余婆謙恭有禮，只道又是重責的先兆。虛竹再三好言安慰，衆女仍是半信半疑，惴惴不安。

還有一次，也是如上一般的嚴重誤解。虛竹和段譽對飲靈鷲宮後，爛醉如泥，人事不知。蘭劍、菊劍等四姊妹服侍他洗了澡。虛竹醒來，驚問道：「我怎地換了衣衫？」菊劍笑道：「主人昨晚醉了，咱四姊妹服侍主人洗澡更衣，主人都不知道嗎？」虛竹大吃一驚，再見身上污垢都已被洗擦得乾乾淨淨，還以爲是自己洗的，強笑說，幸好自己還會洗澡。蘭劍笑道：「昨晚主人一動也不會動了，是我們四姊妹替主人洗的。」虛竹「啊」的一聲大叫，連呼「糟糕，糟糕！」他的一聲大叫，既嚇暈了自己，更嚇壞了蘭劍、菊劍，忙問：「主人，什麼事不對啦？」虛竹苦笑道：「我是個男人，在妳們四位姊妹面前……那個赤身露體，豈不……豈不是糟糕之極？何況我全身老泥，又臭又髒，怎可勞動姊妹們做這等污穢之事？」

這眞是一番誠樸的肺腑之言。靈鷲宮女子雖爲虛竹下屬，但他不僅把她們當人看，而且還以平等的眼光把她們當人看，這實爲難得。但是這番出於平等觀念、平等態度的話語，卻被蘭劍、菊劍翻譯成大禍即將來臨的訊息。蘭劍說：「奴婢犯了過錯，請主人責罰。」說罷便和菊劍一起拜伏在地。

虛竹知道這是余婆誤會的重演。她們以爲虛竹也是童姥的翻版，只要言詞稍和，面色略溫，立時便有殺手相繼。爲了消除她們的驚恐情緒，只好用以上對下的命令口吻說：「兩位姊……嗯，妳們快起來，妳們出去罷，我自己穿衣，不用妳們服侍。」虛竹開始說話時，還是用習慣了的平等待人的禮貌語言說話：「兩位姊……」另一個「姊」字還未說出口，他旋即意識到剛才嚇壞了蘭劍、菊劍的誤解，都是他的禮貌語言惹的禍，於是改用表面上冰冷無情的腔調說話。

蘭菊二人似乎稍稍好了一點，沒有剛才那樣驚恐，殺身之禍至少是沒有了，但仍含著淚水，不敢哭出來，以奴婢對主子的倒退方式走了出去。

虛竹甚感奇怪，問她們：「我……是我得罪了妳們麼？妳們為什麼不高興，眼淚汪汪的？只怕我說錯了話，這個……」對方不樂，虛竹總是從自己方面找原因。他這種平等待人的謙恭態度，他也是習慣了的，也是難改的。

菊劍說：「主人要我姊妹出去，不許我們服侍主人穿衣盥洗，定是討厭了我們……」話未說完，珠淚已滾滾而下。奴婢服侍主人的飲食起居，這是老祖宗傳下的規矩。改動了這個規矩，也就改變了菊劍她們行為的習慣，打破了她們的心理平衡。主子不要奴婢服侍了，使奴婢不成其為奴婢，那不是厭煩了奴婢又是什麼呢？菊劍她們這一套思維邏輯，以奴婢的身分看來是滿有道理的。

虛竹不以奴婢的身分看她們，因而也就有著不同於菊劍她們的另一套思維邏輯。兩套思維邏輯、兩種話語系統，因缺乏統一的參照系是難以溝通的，再加上虛竹言詞笨拙，急得他連連搖手，說明不是厭了她們：「不，不是的。唉，我不會說話，什麼也說不明白。我是男人，妳們是女的，那個……那個不太方便……的的確確沒有他意……我佛在上，出家人不打誑語，我絕不騙妳們。」他怕說不清楚，誤會難消，「我佛在上」之後的最後幾句話，便有點類似於發誓了。

虛竹邊說話，還邊有指手劃脚動作的無意輔助，於此可見其意甚急，其心甚誠。蘭劍、菊劍看了他這等模樣，不由得破涕爲笑，齊聲道：「主人莫怪。靈鷲宮中向無男人居住，我們更從來沒見過男子。主人是天，奴婢們是地，哪裡有什麼男女之別？」

誤會消除了，雙方心裡揣著的石頭總算是落了地。但蘭劍、菊劍等人的奴婢身分，她們自己一口咬定，不容改變。既然是奴婢，就要盡她們奴婢的義務。二人向虛竹輕盈走來，替他穿衣著鞋。不久梅劍與竹劍也走了進來，參與了這一服侍的陣營。虛竹在她們的包圍中嚇得不敢作聲，臉色慘白，心中亂跳，只好任由四姊妹擺布，再也不敢提也不願提不要她們服侍的話了。在這一帶有濃郁喜劇色彩的生動場面中，虛竹活生生的就是一副受人「修理」的形象。再挑剔的讀者，怕也難以找出他的一絲一毫主子的影子。

虛竹作爲靈鷲宮的主人，對待下屬不僅沒有頤指氣使，反而還常以商量口氣辦事。例如如何處罰諸洞島主之事，他就向梅劍請教過。即使他不同意梅劍過於嚴酷的處罰，他也沒有不客氣的直接否定。最後他雖同意了與梅劍相左的段譽三條從輕處罰的建議，但仍尊重梅劍的人格，對她示以歉然之色。虛竹這種尊重別人、尊重不同意見的態度，當然贏得了衆女的好感，蘭劍對虛竹說：「主人，你是靈鷲宮之主，不論說什麼，婢子們都得聽從。你氣量寬宏，饒了這些奴才，可也不必對我們有什麼抱歉。」爲沒有採納她們的意見而向其抱歉，這是平等待人的突出表現。

虛竹對靈鷲宮女子的抱歉，也不只一次。一次酒醉後虛竹宿酒未消，只覺口裡苦澀、喉中乾渴，見一少女準備的一碗黃澄澄的茶水，拿起便喝，咕嘟咕嘟的喝個精光。他一生從未喝過參湯，只覺甜中帶苦，也不知是什麼苦茶。他向那少女歉然一笑：「多謝姊姊！」享受了別人的服務，不忘記道謝，這是現代流行的禮節。但虛竹在謝謝之外，還加了「歉然一笑」，這更見其平等待人確乎是出自內心的。

虛竹的平等待人，因爲是出自內心，因此常有對人眞誠的關懷體貼。

童姥種在各洞島主身上的生死符，因部位各不相同，虛竹爲之拔除頗感艱難。梅劍建議他到靈鷲宮後殿地道中的石室，觀摩一下石壁上的武功圖像，或許與解除生死符有關。

到了石室外面，梅劍等四姝停住了腳步，說這是本宮重地，婢子不敢擅入。虛竹說：「一起進來罷，那有什麼要緊？」這裡又可見出虛竹並未將梅劍等人作婢子看待，以示上下有別。

得到應允，四姝相顧均有驚喜之色，因爲童姥曾說過，如果她們忠心服侍，又能用心練功，到四十歲後許她們每年到石室一日參研壁上武功，但那是二十二年之後的事了。虛竹說：「再等二十二年，豈不氣悶煞人？到那時妳們也老了，再學什麼武功？一起進去罷！」他眞希望她們早一些學有所成。

四姝大喜過望，當即伏地跪拜。跪拜慣了，要改也眞難。虛竹說：「請起，請起。這裡地方狹窄，我跪下還禮，大家擠成一團了。」

石壁上有的武功招數，虛竹還未學過，正在凝神運息、萬慮俱絕之時，忽聽「啊，啊」兩聲驚呼，但見蘭劍、竹劍二姝摔倒在地，梅菊二姝也搖晃欲跌。原來是她們眞氣不足，卻照圖練習，立時走入經脈岔道，要不是虛竹施救，四姝怕是要傷殘了。她們當然又是翻身拜倒，叩謝恩德，虛竹當然又是伸手相扶，不要她們行如此尊卑有別之禮。

四姝練功出了事故，虛竹首先承當了責任，他說這是我的不是，我不該要妳們進去。虛竹和四姝之間，的的確確看不出有什麼等級制度的影響，他們的關係不是很有些類似兄弟姐妹嗎？

難得，難得！

先人後己

佛法認爲，沒有衆生的解脫，就沒有個人的眞正解脫。解脫衆生、普渡衆生，有六種途徑和方法即六度。六度之首則是布施度。而布施就是要先人後己。虛竹正是這樣做的。

在棋約之會後，不少人爲星宿老怪丁春秋或游坦之所傷。虛竹已得無崖子七十餘年之功力，又得聰辯先生蘇星河的療傷之法。他先給少林的慧方驅除了寒毒，回頭向玄難說：「師伯祖，其餘幾位師伯叔，弟子也去施治一下，好不好？」

虛竹始終是心繫少林的。玄難一方面感到很高興，一方面又搖頭說：「不！你先治別家前輩，再治自己人。」

玄難的話在虛竹心中引起了震動，是啊，先人後己，才是我佛大慈大悲、救渡眾生的本懷。他見包不同全身寒顫，牙齒格格作響，於是一邊對包不同說話，一邊提起右掌打在他的胸口上。包不同大怒，他向來是個喜歡挑刺唱反調的人，「臭和……」的「尚」字還未罵出口，身上頓覺舒坦多了。

先人後己，不是他人和自己一個簡單的排序，而是以他人爲重。虛竹將童姥從烏老大刀下救出後，將之背負在後向山上狂奔。當時遍地都是積雪，他回頭一看，只見積雪上清清楚楚印著自己的一行腳印，他不禁失聲說：「不好！」在雪地上留下了腳印，不論他們逃得多遠，諸洞島主都很容易找到他們。童姥說，上樹飛行，便無蹤跡，你武功雖低，但內力不弱，不妨試試。

好，試試。虛竹縱身一躍，竟然高出樹頂丈餘，下落時伸足踏向樹幹，喀喇一聲，連人帶樹幹一起掉將下來。這一跤仰天摔落，勢必壓在背負的布袋之上。虛竹生怕壓傷了袋中的童姥，半空中急忙一個鷂子翻身，變成合撲的姿勢，落地時額頭撞在岩石之上，皮破血流，「哎唷，哎唷」的直叫。他掙扎爬起，對自己受傷並不十分在意，只是對自己「武功低微，又笨得緊」這一點甚感慚愧。

虛竹寧可自己受傷，也不願壓傷當時只有九歲女童功力的童姥，令童姥十分感動。先人後己，以他人爲重，這是虛竹一條重要的處事原則。這一處事原則，不是作爲手段、作爲策略而運用的，而是他的性情、他的感情、他的人生觀的自然而然的體現（這一點我們將在「人生觀篇」中詳細論及）。

先人後己，以他人爲重，如果僅是上車讓坐、攙扶病人什麼的，對自己並無什麼多大的損害；但如果捨己救人則非同小可，不能等閒視之了。小說表現虛竹的先人後己，以他人爲重，多是與他人也與自身性命攸關的危難之時。虛竹背負童姥在躲避諸洞島主之後，又遇到李秋水的追殺。眼看就要追上來了，童姥知道李秋水數掌拍將出來，不但虛竹立時命喪掌底，自己仍是不免落入對方手中，她向虛竹說：「小師父，多謝你救我，咱們鬥不過這賤人，你快將我拋下山谷，她或許不會傷你。」人之將死，其言也善，童姥本是個利己心極重的人，此刻的這番話還算是天良發現，自己逃不過李秋水的手心，不想要別人也來墊背。

在這生死繫於一念的時刻，虛竹堅定的表示：「這個……萬萬不可。小僧決計不能……」虛竹拙於言詞，但「萬萬不可」和「決計不能」這幾個字，把他想說的話都說出來了。

先人後己、捨己救人這個處事原則，對虛竹來說，不是可有可無、模稜兩可，而是堅如磐石、不可動搖的。

當段延慶在丁春秋的誘引下爲棋局的魔障所困時，虛竹所想的是如何使他的心神旁騖，他想出了一個好辦法，就是搗亂棋局，沒有了棋局就沒有了勝敗，沒有了勝敗也就沒有執著於此的魔障了。此時，他想到了搗亂棋局之後自己的處境、自己的安危沒有？沒有。這是眞正意義的先人後己！

他救段譽也是如此。

「劍神」卓不凡原想找童姥報仇，童姥逝後，他大仇難報，便欲從虛竹處獲取破解生死符的秘訣，以此控制群雄。他見虛竹懷揣美女圖，圖像極似王語嫣，便以爲虛竹對她懷有萬分情意，便欲自作主張將王語嫣配給虛竹作妻房。儘管虛竹再三申明「不可誤會」，但卓不凡還是一意孤行，抖動長劍，要將王語嫣圈在劍光之中居爲奇貨，以便與虛竹交換破解生死符的秘訣。

段譽一見卓不凡的劍招指向王語嫣，也不知劍招的虛實，便搶上前來，擋在王語嫣身前。卓不凡長劍寒光閃動，從段譽的頸至腹劃了一條長長的劍痕。

卓不凡向虛竹說：「小兄弟，看中這位姑娘的人可著實不少，我先動手給你除去一個情敵如何？」長劍劍尖指向段譽心口，只須輕輕一送，段譽就有生命危險。

虛竹見此大驚，叫道：「不可，萬萬不可！」他的言語簡短，兩句話僅有六個字，說明當時情勢十分緊迫；第二句在重複第一句的基礎上，又加了一個「萬萬」，加強了堅決否定的語氣。接著，虛竹又用靈巧的動作將卓不凡的長劍奪過來，消除了段譽的危險。在當時的情況下，虛竹能不能將劍奪過來，他自己是沒有把握的，沒有把握也就有危險。但虛竹首先考慮的不是自己而是他人的危險，他人的安危始終是第一位的。

難道虛竹就不知道「怕」了嗎？虛竹也是人，人都有求生的本能；有求生的本能，遇到危險當然就知道怕了。虛竹的可貴處就在於，他救人時，再大的危險沒有想到怕，也不知道怕。但是救人之後想一想，後怕就有了。救了段延慶之後，他有過後怕；救了童姥之後，也同樣有過後怕。但是，後怕歸後怕，如果再次遇到有人處於險地，他又把「怕」字甩到九霄雲外去了，少室山上援蕭峰，不就是這樣的嗎？

虛竹的人生哲學

人生觀篇

珍重生命

世界上最寶貴的東西是什麼？是生命！是人的生命！

沒有了人的生命，山，也就失去了跌宕起伏的旋律；河，也就失去了水闊天空的畫意；日，也就失去了金輪浴海的豪興；月，也就失去了千嬌百媚的丰韻。一切一切的美，都是因人而存在的；沒有了生命，哪裡又還有美？即使有美，美又有什麼價值？

在一切價值中，人的生命不僅是最高的價值，而且是一切價值之源、一切價值之母。

一切制度和措施，一切法律和道德，一切主義和學說，一切宗教和信仰，一切是非和善惡的最後評判、最終衡量和取捨，要以是否有利於人的生命的保存、發展、提高爲準繩、爲依據，並且是唯一的準繩和依據。

佛教所制定的各種各樣的戒規中，第一戒都爲不殺生，這種對生命的高度重視，正是佛光普照、大放異彩的原因。

我們之所以說虛竹是一個善良的人，有德性的人，首先就在於他對生命的珍重和呵護。

他與段延慶、童姥等人，可說是素昧平生，但一旦看到他們的生命有危險，便毫不猶豫地出手相救，而不管他們以前做了什麼。

虛竹救下童姥後，童姥一腿爲宿敵李秋水所斷，她要虛竹練一套「天山六陽掌」功夫，以便她往後和李秋水決鬥時，能助她一臂之力。

虛竹心想，他雖犯了戒，做不成佛門弟子，但要他做助她殺人那種大違良心的惡事，是決計不幹的。他想好了，然後以委婉的口氣對童姥說：「前輩要我相助一臂之力，本屬應當，但妳若因此而殺了她，晚輩卻是罪孽深重，從此沈淪，萬劫不得超生了。」

佛教認爲作不同性質的業（業，意爲造作，泛指一切身心活動），便有不同的業報。善得福報，惡得禍報。作惡業的，生死輪迴，永無終期，猶如車輪不停旋轉一樣。所以虛竹說，如助童姥殺人，那就從此沈淪萬劫不復了。佛教的這種因果論，鼓勵人們樂善好施，是有積極作用的。

童姥以不聽我話便休想再見「夢姑」一面相要挾，但虛竹卻堅定地說，不能爲了一己之歡娛去損傷人命。在滿足一己之私利與珍重他人之生命這二者之間，如果只能選擇一項的話，虛竹寧願去選擇後者。

虛竹雖然時時以生命爲重，特別是以他人的生命爲重，但因缺乏經驗，也誤開過殺戒。他在阻止不平道人和烏老大等人對童姥的追殺中，用松球打死了不平道人等三人，還重傷了烏老大。這一出乎意外的嚴重後果，是虛竹絕對不願看到的。當他看見雪地上片片殷紅，四人身上汩汩流出鮮血時，不由得呆了。他犯了佛門不得殺生的第一大戒，心中驚懼交集，渾身發抖，淚水滾滾而下。這是眞誠的悔恨。

虛竹起初不知道軟軟的松球會打死人，後來他再次用松球去解救靈鷲宮女子時，便特別囑咐自己：「出手千萬要輕。」

縹緲峰爲諸洞島英豪攻下後，靈鷲宮一部分女子處於危急之中。靈鷲宮諸部中一小首領對虛竹說，奴婢先率領本部去應援救急，主人隨後率衆而來。

虛竹說：「咱們一塊兒去罷。救人要緊。」

人是世界上最珍貴的，理所當然。

在人和物的關係中，是物貴人賤，還是人貴物賤？這是兩種不同的人生觀。他人的生命是珍貴的，自己的生命同樣是珍貴的。用自己的生命去換取他人的生命是崇高的；而無端地自殺和自殘，則是愚昧的。

虛竹也是人，是人也就免不了有犯糊塗的時候。在西夏王宮的冰窖中，虛竹爲童姥所迫，開了葷戒。童姥笑他說，你是什麼葷腥都嚐過了，還成什麼和尚？虛竹說，不是自願就不算破戒。童姥說，咱們便試一試。不日，童姥擄來了正在睡夢之中赤身裸體的西夏公主放在虛竹的胸前……事後童姥笑他說：「佛門子弟要不要守淫戒？這是你自己犯呢，還是被姥姥逼迫？你這口是心非、風流好色的小和尚，你倒說說，是姥姥贏了，還是你贏了？」

虛竹一聽，什麼都明白了，又是悔恨，又是羞恥，突然跳起來往堅冰上撞去，頭頂撞破了一洞，汩汩流血。童姥大吃一驚，沒想到性子剛烈的小和尚會來這一手，才從溫柔之鄉走出來便欲自盡，忙爲他裹傷，罵他：「你發瘋了？」虛竹流淚說：「小僧罪孽深重，害人害己，再也不能做人了。」童姥說：「要是每一個和尚犯了戒便圖自盡，天下還有幾個活著的和尚？」

虛竹爲童姥的話所震動，想起自戕性命乃佛門大戒，自己在一時憤激之下，竟又犯了一戒。

好在糊塗不久，虛竹就醒悟過來了。人在犯糊塗的時候，需要有人提醒，有人勸導，有人訓誡，轉移他的注意力。在這一點上，童姥功不可沒。

虛竹一方面珍重生命，另一方面也反對對生命的傷害。這兩方面猶如車之兩輪、鳥之雙翼，是緊密相連的。

對丁春秋草菅人命的罪惡行爲，虛竹是憤恨的，曾下過非殺他不可的決心。對童姥和李秋水之間以死相拚的爭鬥，虛竹也多次勸說過。

還應指出的是，虛竹不僅珍重人的生命，同時也珍重動物的生命，動物也在「衆生」之內。

童姥練功，有個喝動物生血的習慣，一次她命烏老大去捉一隻梅花鹿或是羚羊什麼來，虛竹則暗暗唸道：「鹿兒、羊兒、兔子、山雞，一切衆生，速速遠避，別給烏老大捉到了。」

虛竹本來決定離開童姥，但童姥則以多多殺生爲要挾逼迫虛竹留下來。她振振有詞地說：「你若就此離去，我自然每日宰鹿十頭八頭。多殺少殺，全在你一念之間。大菩薩爲了普渡衆生，說道我不入地獄，誰入地獄？你陪伴老婆子幾天，又不是什麼下地獄的苦事，居然忍心令群鹿喪生，怎是佛門子弟的慈悲心腸？」虛竹心中一凜，說道，前輩教訓得是，虛竹一憑吩咐便是！

虛竹的回答自然令童姥大喜，她對烏老大說：「這位小師父不喜人家殺生，從今而後，你也不許吃葷，只可以松子爲食，倘若吃了鹿肉、羚羊肉，哼哼，我宰了你給梅花鹿和羚羊報仇。」

大多數人雖不同虛竹一樣是素食主義者，但視動物爲人類的朋友，與人類共處於地球這一個大家園中，應是可以達到的共識。

大多數人也不同虛竹一樣是佛教信徒，但珍重生命理應成爲共同的首要使命。

慈悲之心

講佛性也好，講良心也好，講人道也好，若是離開了慈悲之心這個核心的因素，一切都無從談起。

佛教認爲，「慈悲是佛道之根本」，「大慈與一切衆生樂，大悲拔一切衆生苦」（《大智度論》卷二十七）。二者統一，故曰慈悲。

作爲佛道根本之慈悲，是虛竹一切善行的動力。

現代社會裡，人與人的關係在相當一部分人中是冷漠的，老人跌倒了，沒有人去攙扶；病人上車了，沒有人讓座；盲人過馬路，沒有人指引；有人遇險了，沒有人搶救。

而虛竹不同了，他是有險必救，有難必幫。救不救得了，幫不幫得上，那又是另外一回事。金庸先生總是叫虛竹有驚無險，化險爲夷，滿足了讀者的心理渴望。

在棋會上，雖是蘇星河擺棋設擂，但是，從中搗亂控制棋局的卻是丁老怪丁春秋。在慕容復和鳩摩智的對陣中，慕容復雖勇於棄子，但不肯失勢，老是擺脫不了鳩摩智的糾纏，左衝右突，始終殺不出重圍，心中越來越是焦急。再加上丁老怪在旁邊施展幻術，慕容復以爲自己的天命已盡，一生的盡心竭力，終究化作一場春夢、一川流水。突然間他大叫一聲，拔劍刎頸。要不是段譽的「六脈神劍」使出，慕容復已不復有命矣。

接著是段延慶和蘇星河對奕。

虛竹和段延慶素昧平生，既無血緣的情分，也無人際的關聯，更無情感的牽涉，他見段延慶下著下著又走了慕容復的老路，心裡著急突然對段延慶說：「這一著只怕不行！」

虛竹是個內傾型的人，平時少言寡語，絕不愛多嘴多舌。此時他出言示警，實爲對人的同情和憐憫。同情和憐憫親人、友人、熟人，是常情常理；同情和憐憫陌生人，這就比前者高了一個層次，顯示了一種更高的境界。

段延慶是個性子倔強怪僻的人，虛竹的話他哪裡聽得進去，並且虛竹也只是突如其來的說了一句，他依然我行我素，照他固有思路走下去。這正如一旁觀棋的玄難說的：「你起初十著走的都是正著，第十一著起，走入了旁門，再也難以挽救了。」

棋勢的發展正是這樣，前無去路，後有追兵，正也不是，邪也不是，段延慶左手鐵杖停在半空，微微發顫，始終點不下去，可以說進入一條絕道了。

又是丁春秋施展引人入幻的手法，笑咪咪的對段延慶說：「一個人由正入邪易，改邪歸正難，你這一生啊，注定是毀了，毀了，毀了！唉，可惜，一失足成千古恨，再想回首，那也是不能了！」丁老怪的話是蜜糖包裹著毒藥，用含笑的神情、憐惜的語調、同情的態度勸說，實際上就是要使段延慶解除心理上的警惕，反以爲丁春秋是在關心他，憐憫他。這裡，丁春秋欲以對「毀了」的強化，轉變爲段延慶強烈的自我暗示，從而使段延慶在不知不覺的幻覺狀態中往死路上走去。

果然，段延慶呆若木雞，竟把口蜜腹劍的丁春秋當成了知心朋友，以淒然之聲和他應對：「我以大理國皇子之尊，今日落魄江湖，淪落到這步田地，實在愧對列祖列宗。」段延慶已經落入丁春秋設計的陷阱中了，但他毫不察覺。

丁春秋又進一步加強了心理暗示，以柔和動聽的語聲對段延慶說：「你死在九泉之下，也是無顏去見段氏的先人，倘若自知羞愧，不如圖個自盡，也算是英雄好漢的行徑，唉，唉！不如自盡了罷，不如自盡了罷！」丁春秋眞是夠毒辣的，他「唉」了一聲，又「唉」了一聲，好像他站在段延慶一邊，爲他歎息，即使是在段延慶陷於絕境時，丁春秋這個朋友似仍對他懷有繾綣之情。但是，圖窮而匕首見，在兩聲「唉」的惋惜之後，竟是兩聲「不如自盡了罷」的極強暗示。請注意，金庸在敘述丁春秋說「不如自盡了罷」時，使用的仍是體貼的、勸導的暗示語調，這種語調在一個「罷」字上充分顯示出來了，少了這個「罷」字，體貼勸說的暗示作用就大打折扣。這是丁春秋語言幻術魔力的所在，也是他陰毒之至的所在，他叫你自盡，還要顯示出他的體貼關懷來。他是體貼你關懷你，才叫你走上不歸之路的。

段延慶對丁春秋缺乏應有的警惕，自動解除了自我保護，向他繳械投降成爲他的俘虜了。

你看不正是嗎?段延慶跟著丁春秋的暗示自言自語:「唉,不如自盡了罷!」丁春秋的暗示變成他的自殺的暗示,提起鐵杖,慢慢向自己胸口點去。但是人生最根本最強大的生存本能這時有些醒悟,掙扎起來和步步走近的死神對抗。段延慶內心深處似有個聲音在說:「不對,不對,這一點下去,那就糟糕了!」但死神並沒有後退,仍時時窺伺著段延慶的生命。

金庸這時大力描述段延慶危在頃刻的周遭反應:「玄難慈悲為懷,有心出言驚醒,但這聲『當頭捧喝』,須得功力與段延慶相當,方起振聾發聵之效。蘇星河恪於師父當年立下的規矩,不能相救。慕容復知道段延慶不是好人,他如走火而死,除去天下一害,那是最好不過。鳩摩智幸災樂禍,笑吟吟的袖手旁觀。段譽和游坦之功力均甚深厚,卻全不明白,段延慶此舉是什麼意思。王語嫣於各門各派武學雖所知極多,但丁春秋以心力誘引的邪派功夫並非武學,她是一竅不通了。葉二娘以段延慶一直壓在她的頭上,平時頤指氣使,甚為無禮,積忿已久,心想他要是自盡,卻也不必相救。鄧百川、康廣陵等不但武功全失,且也不願混入星宿老怪與『第一惡人』的比拚。」這中間只有南海鱷神最是焦急,但也沒有什麼有效的法子。金庸對段延慶周邊人們心理狀態逐一的敘述，意在極力渲染段延慶生命危急而又無人相救的情狀，從而為虛竹出場作了充分的鋪墊。

這時，段延慶的鐵杖停在半空不再移動。丁春秋道：「來不及了，來不及了，段延慶，我勸你還是自盡了罷，還是自盡了罷！」這裡丁春秋又進一加強了他的暗示幻術，「來不及了」說了兩次，「還是自盡了罷」也說了兩次。段延慶此時接受丁春秋的暗示似已習慣了，已經失去了最後的抗拒能力，他應答著丁春秋的暗示歎息道：「是啊，活在世上，還有什麼意思，不如自盡了罷！」說話之間，杖頭離著胸口衣衫又近了兩寸。

這眞是危在分秒了，但又無計可施，無人相救。

虛竹慈悲之心大動，決心要搭救段延慶。段延慶的魔障是在棋局之中，要解決這個魔障就必須從棋局入手。但是這個棋局是那麼容易解開的嗎？無崖子窮三年心血設計的這個變幻百端的珍瓏難題，蘇星河三十年來苦加鑽研，亦未能參透其中的奧秘所在。當時赴棋會之約的諸多高手，雖殫精竭慮，亦功敗垂成。虛竹雖懂圍棋，但棋藝不高，顯然是更難奏效。

情急生智慧，智慧出靈機，虛竹心想：「我解不開棋局，但搗亂一番，卻是容易，只須他心神一分，便有救了。既無棋局，何來勝敗？」虛竹的思慮是極有道理的。用搗亂的方法轉移段延慶的注意力，使他不再在自殺這條死巷中往前走，他就有救了。自盡的人之所以自盡，就是只懂得用一種角度看問題，用一種方法去處理問題，從而形成一種頑固的興奮點和注意力。在一種緊急情況下，用一種突然的方法轉移自盡者的興奮點，分散他的注意力，就可使其醒悟過來，知道他所做的事是愚蠢之極的。

虛竹搶救段延慶用的正是這種辦法。段延慶在棋局中著魔了，虛竹一邊說「我來解這棋局」，一邊快步上前，從棋盒中取過一枚白子，閉了眼睛，隨手放在棋局之上。

虛竹這一著殺死了自己的一大塊白棋，旁人哈哈大笑，而蘇星河則說：「先師遺命，此局不論何人，均可入局。」跟著他下了一枚黑子。

虛竹和蘇星河的這一來一往，改變了段延慶的興奮點和注意力，他大叫一聲從幻境中醒覺過來。

段延慶得救了！

沒有虛竹的慈悲之心，沒有他的關懷、同情和憐憫，段延慶就算是死定了！

在那一危急時刻，「虛竹慈悲之心大動」，對於這個「大動」的過程，金庸略而未寫，把想像的空間留給了讀者。其實，虛竹慈悲之心大動，這個動的速度是極快的，其中省略了許多邏輯推論的中間環節，如果虛竹當時想得太多了，他就來不及救人了。

虛竹救童姥也是如此。烏老大馬上就要開刀了，當時如果想得太多了，童姥早就成了刀下鬼。我想起一個眞實的故事，一對情侶在路上同行，一個歹徒舉槍向女友射擊，就在比分秒還要快捷的瞬間，男方用身體擋住了射向女友的子彈。這位高貴的男子之所以能用比眨眼還要快的速度掩護女友，就是出於文化本能的快速驅動。

虛竹救童姥的場景有些和救段延慶的場景相似。金庸首先也是極力鋪敘童姥處境的危險性。童姥修煉返老還童的內功，修煉到第三日也只有九歲女童的功力，那時恰好烏老大上山，擒拿處於九歲功力階段中的童姥，自然毫不費力。烏老大初始以爲，她只是縹緲峰的一般人物。但他既已決心反叛靈鷲宮，便欲拿那女童開刀，與三十六洞、七十二島宗主歃血爲盟。

事情並不是預想的那樣順利。段譽站出來大聲反對：「這個使不得，大大的使不得。」他向慕容復以及鄧百川、公冶乾、包不同、風波惡等人求救，但慕容復等人只是向段譽表示了禮貌性的歉意，並不想插手此事。

烏老大聽得段譽大呼小叫，沒有一刻停息，以爲他是武功極高之人先禮後兵之舉，待到眞來阻止之時，怕也不易對付，他想快速了斷此事，一邊自叫「烏老大第一個動手！」一邊便舉鬼頭刀向女童砍去。段譽叫聲「不好」，便使起他的六脈神劍來，但他的神劍收發時靈時不靈，沒有一個準字，此時眞的發不出去。

生死就在千鈞一髮之間！

想想看，從刀舉到刀落，這能有多長時間。「突然間岩石後面躍出了一個黑影，左掌一伸，一股大力便將烏老大撞開，右手抓起地下的布袋，將那女童連袋背在身上，便向西北角的山峰疾奔上去。」金庸對虛竹救人之舉的描寫是極爲簡練的，這和前面對童姥處境危險的渲染，是鮮明的對比。前面描述之詳，爲虛竹救人的必要性、重要性和正義性作了不可少的鋪墊；後面描敘之略，顯示了虛竹救人之舉的急迫性、緊張性。

金庸只是在虛竹救人之後，作了這樣的補敘：「他於江湖上諸般恩怨過節全然不懂，待見烏老大舉起鬼頭刀，要砍死一個全無抗拒之力的啞巴女孩，不由得慈悲之心大動，心想，不管誰是誰非，這女孩是非救不可的，當即從岩石後面衝將出來，搶了布袋便走。」這裡的補敘，著重點明了虛竹救人的動機，是由於慈悲之心的驅動。

這種慈悲之心的驅動是前文所說的一種文化本能的驅動。這種文化本能的驅動有這麼幾個特點：它以潛意識爲基礎，而又以顯意識爲指導。正因有潛意識爲基礎，所以它的啓動速度極快。烏老大砍童姥，刀起刀落也就在二、三秒之間，但就在稍縱即逝的刹那，虛竹以快速如電的動作將人救下了。文化本能的另一個特點是智慧或力量的超常啓動、超常發揮。可以說，沒有智慧的超常啓動，虛竹救不了段延慶；沒有力量的超常發揮，虛竹也救不了童姥。

虛竹慈悲之心的顯現，在生死關鍵上，有天地爲之動容的風采；在生活細節上，也有感人肺腑的表現。

「珍瓏」難題爲虛竹破解之後，蘇星河引虛竹見了他的師父無崖子，無崖子由於大限將至不等虛竹首肯，便將七十餘年的功力硬性傳授予他。傳功前，無崖子鬚髮皆黑，臉如冠玉，潔白俊美，無半絲皺紋。傳功後，滿臉皺紋如溝壑交錯，滿頭密髮脫落殆盡，三尺黑髯也盡數霜染。虛竹對此判若兩人的變化深有觸動，覺得時間過了一百年之久。但由於無崖子不經同意便擅自化去了虛竹的少林武功，虛竹無論如何也不肯叫他爲師父。無崖子交給他一個卷軸，求他循圖到大理國無量山中找一女子指點修習武功，虛竹也不答應。

無崖子苦笑道：「倘若天意如此，要任由惡人橫行，那也無法可想，你……你……」說了兩個「你」字，突然間全身發抖，站立不穩，呈現虛脫之狀。

虛竹吃了一驚，忙伸手扶住，問道：「老……老前輩，你怎麼了？」無崖子說：「我七十餘年的修煉已盡數傳付於你，今日天年已盡，你終究不肯叫我一聲『師父』麼？」說這幾句時，上氣不接下氣，已是油盡燈熄之兆。

虛竹見他目光中祈求哀憐的神氣，心腸一軟，「師父」二字，便脫口而出。

這裡的「心腸一軟」不是意志之軟、身骨之軟，而是富於同情心和憐憫心的顯現，是慈悲心的顯現。沒有同情心和憐憫心的人，是畸型的人、異化的人、可惡的人，是需要警惕和防範的人，例如，丁春秋就是這種人的一個典型。

虛竹救出童姥奔行在冰山雪嶺之上，他既不肯食葷，尋了多時也找不到可食的素食，只得採摘松球剝了松子出來果腹充饑。松子雖清香甘美，只是一粒粒太細小了，一口氣吃了二、三百粒，胃裡還沒有多大感覺，但他再剝出的松子便不吃了，滿滿地裝了兩衣袋，送給童姥和烏老大吃。

很有趣的是，烏老大吃幾粒松子，便罵一句「死賊禿」。再吃幾粒，又罵一句「瘟和尚」！虛竹由他去罵，也不氣惱，眞正是道地的慈悲心腸。

烏老大那樣惡毒的咒罵，虛竹居然沒有一點脾氣，這說明他不僅心地仁善，而且氣機（氣機，指人體內氣的運行，包括經絡、臟腑的功能活動）和順，這又與他的高超武功極有關係。

這裡，提出了一個「心慈氣和」，以及「心慈氣和」與武功的關係的問題。慈悲、氣和、武功，在虛竹的身上三者是一體的，是相互聯繫、相互滲透和相互促進的。有了慈悲之心，氣機就會和平、和順，通暢無滯；氣機和平、和順、能暢，武功就會不僅日益精進，而且能收強身健體之效。

從氣的角度來說，一切都是氣的存在和活動。慈悲之念，也可說是一種氣，一種無私心、私欲的和平、和順之氣，一種胸懷全體眾生和整個天地的恢宏之氣。沒有這種氣的修養和陶冶，無論練什麼武功，都是可能練出偏差來的。

我國古代思想家認爲氣與道是緊密聯繫的。老子說：「萬物負陰而抱陽，沖氣以爲和。」這是說，萬物是由陰陽二氣和合而成的。莊子說：「通天下一氣耳。」溝通萬物的本源就是一個氣。莊子又說：「氣也者，虛而待物者也。唯道集虛。」氣是空明而能容納外物的。只要心境空明，就能自然與道契合。

慈悲作爲佛道之道，與氣、與武功同樣有著不可分離的聯繫。

這裡先聽聽無名老僧的深湛見解。他針對蕭遠山、慕容博、鳩摩智三人偷學少林高級武功，但卻走上了邪道一事說：「本派武功傳自達摩老祖。佛門弟子學武，乃在強身健體，護法伏魔。修習任何武功之時，總是心存仁善之念，倘若不以佛學爲基，則練武之時，必定傷其自身。功夫練得越深，自身受傷越重。如果所練的只不過是拳打腳踢、兵刃暗器的外門功夫，那也罷了，對自身危害甚微，只須身子強壯，儘自抵禦得住……」

無名老僧又說：「但如練的是本派上乘武功……每日不以慈悲佛法調和化解，則戾氣深入臟腑，越陷越深，比之任何外毒都要厲害百倍。」為何這樣說呢？無名老僧所言絕非危言聳聽。武功，特別是高深的武功，從某種意義上來說，就是氣沿特定經絡、穴位的導引、運行和噴發，這與平和狀態下氣行的自然路線是大不相同的。因此練了武功特別是高深武功之後，應用出於慈悲之心的和平之氣、和順之氣調和化解，使氣的運行恢復到平時的自然狀態。否則，氣若一直按照武功要求的特殊路線運行，那麼練武所運之氣，就變成了兇殘、乖張的戾氣。從特定的角度說，人的存在就是氣的存在，人的活動就是氣的活動。如讓戾氣深入臟腑，那確是比任何外毒都厲害百倍。因為戾氣打亂了臟腑的生物節律，破壞了氣行的自然狀態，違背了「大道自然」的客觀規律，必然要造成氣機的失調和紊亂，這就叫「走火入魔」。走火入魔輕則心煩意躁，麻木疼痛；重則失去控制，精神失常。蕭遠山、慕容博、鳩摩智三人在無名老僧說話之時，不是已在自身的生理、心理上感受到了練武的負面影響嗎？

對箇中之理，無名老僧繼續告誡衆人：「本寺七十二項絕技，每一項功夫都能傷人要害、取人性命，凌厲狠辣，大干天和，是以每一項絕技，均須有相應的慈悲佛法爲之化解。這道理本寺僧人倒也並非人人皆知，只是一個人練到四、五項絕技之後，在禪理上的領悟，自然而然的會受到障礙。在我少林派，那便叫做『武學障』，與別宗別派的「知見障」道理相同。須知佛法在求渡世，武功在求殺生，兩者背道而馳，相互克制。只有佛法越高，慈悲之念越盛，武功絕技才能練得越多，但修爲上到了如此境界的高僧，卻又不屑去多學各種厲害的殺人法門了。」

讓我們感到高興的是，虛竹也有和無名老僧類似的見解，雖然體悟尚欠深刻，但是主要思路還是清晰的。他下山不久，即遇到包不同和風波惡的挑釁，要和他打架，虛竹退後兩步說：「小僧雖曾練過幾年功夫，只是爲健身之用，打架是打不來的。」練武爲健身，與練武爲打架，是截然不同的。爲健身，那麼練武就可內收活氣活血活絡之效，外收活筋活骨活身之利；爲打架，練武則要拚盡甚至是透支全身的內力和外力，以圖取勝，這於身體顯然是有害的。

虛竹還說：「出家人修行爲本，學武爲末。」佛教徒依據佛教教義的修習行持，大乘佛教將之概括爲六度。六度之首是布施度，布施不是給人點小恩小惠，而是要以大慈大悲、濟渡衆生爲出發點。所以修行與學武就有一個本末的問題，而絕不能本末倒置。虛竹講的本末之說雖是對包不同、風波惡說的，但也十分切合鳩摩智的情況。鳩摩智原是大智大慧之人，佛學修習亦是十分睿深。但是修行修行，重點在於行持，在於實實在在的實踐，如僅僅嘴巴會說一套，行動全不對號，那是沒有什麼價值的。鳩摩智就是如此，他練武練得好勝之心日盛，向佛之心日淡；且又自居爲高僧，目中無人，名韁利鎖，將他緊緊繫住。這就是修行與武學本末顚倒所致。

修行與武學的本末顚倒，當然要導致「武學障」。「武學障」也就是「法執」的意識。佛教認爲，無論是人也好，還是其他事物也好，都是因緣和合而成的、相對的、暫時的。「我執」，就是將人看成有其獨立自性的存在；「法執」，就是將其他事物看成有其獨立自性的東西。對此，虛竹說過：「釋家弟子，以慈悲爲懷，普渡衆生爲志，講究的是離貪去欲，明心見性。……練武要是太過專心，成了法執，有礙解脫，那也是不好的。」練武如果太專心了，一門心思撲在這上面，那不是把慈悲爲懷忘了，把普渡衆生忘了，成了眞正的「法執」，成了「武學障」了。

破「法執」、破「武學障」的具體心態應是如何呢？虛竹也說過：「咱們習武之人，須無嗔怒心，無競爭心，無勝敗心，無得失心……」習武不講勝敗得失，也就沒有「武學障」了；沒有「武學障」，自然就可和慈悲之心相溝通了。

最重要的，還不是虛竹關於「武學障」的認識如何，而是在實際行爲上是否眞正破除了「武學障」。換言之，在這個問題上，虛竹是言行一致，還是言行不一呢？

虛竹原來費了不少苦功所練的少林內功，雖然低淺，但被無崖子不由分說的化去了，又被硬性灌入了他七十餘年修習的逍遙派內力。虛竹救了童姥後，出於背負童姥（其時她還只有相當於九歲女童的功力）逃命的需要，接受了童姥所教的輕功。追敵趕上來了，在不是你死就是我活的緊急時刻，虛竹不得不學一手激射松球的功夫。

待到情況稍有緩和，童姥明言提出要和虛竹做一樁生意：童姥將精微奧妙的武功傳他，他便以此武功替童姥禦敵。但是虛竹連連搖手，明確表示她的功力再神妙無比，他也是萬萬不學的，並且他要返回少林寺去。童姥知虛竹心存慈悲之念，便以虛竹一走就多多宰殺動物喝血爲要挾，迫使虛竹陷於兩難的境地之中不得不留下跟她學武功。以後虛竹再次要走，童姥便給他種下了九張奇癢無比的生死符，於是虛竹不得不跟童姥學習拔除生死符的方法。甚有心計的童姥將幾種厲害至極的武功暗藏於拔除生死符的方法之中，等虛竹將身上的九張生死符拔完了，幾種上乘武功也不知不覺的學成了。後來，虛竹在童姥和李秋水的激戰中，童姥要虛竹出什麼什麼招，虛竹雖對這些武功招式的名稱心中茫然一片，但已似懂非懂，隱隱約約猜到上了童姥的當。至於虛竹夾在各向對方出手的童姥和李秋水中間，又接受了同門姊妹的的深湛內力，那也是出於無意的。

總之，虛竹學成的極爲高超的武功，或是被迫的，或是被騙的，或是緊急情況下不得不然的，沒有一次他是主動而爲的。

無名老僧說過，武功，特別是高深的武功，要想不傷及自身，必須以佛學爲基，以慈悲布施、普渡衆生之念爲基。虛竹正是這樣的。首先，他能用慈悲之心調和化解學練武功常易產生的戾氣。他接受無崖子的內力，是懷著慈悲之心，救人性命，而無意妙解「珍瓏」的自然結果。他跟童姥學輕功，學激射松球的什麼北冥神功，是出於慈悲之心保全童姥生命的權宜之計。後來，他留下來學了一些武功，也是出於愛護動物生命的慈悲之心（在佛教看來，動物也在衆生之列）。至於後來學幾手厲害的武功，那是在解除自身生死符的痛苦中被騙學來的。珍重自己的生命，解除自身的苦痛也是佛家的要求，何況他是在不知情的前提下去學的。最後他無意接受童姥和李秋水的內力，也是出於化解她們仇怨的慈悲之心。

虛竹學會了高超的武功之後，並未將武功用之於殺生，而仍是在求渡世，他是將佛法的慈悲之念看得高於一切的。他在少林寺受命抗擊鳩摩智的挑釁，開始交手時取的是守勢，以後在梅蘭竹菊四女要取鳩摩智的性命時，他立即喝住了她們。這不是慈悲之念又是什麼？在少室山上大戰丁春秋，他也是心存慈悲，手下留情。以後他不辭千里救援蕭峰，也只是生擒遼帝而已，對遼帝並未加以傷害。

當然，他也無意之中開過殺戒，但為此後悔不已，這仍是佛教慈悲心的顯現。

慈悲，只有慈悲，才能溶化世界的冷酷，消弭人間的仇恨。

普渡眾生

在說「普渡眾生」之前，先要說一說佛教的「緣起論」。緣起論是佛教理論的基石和核心。緣起，亦稱緣生。緣，是結果賴以生起的條件；起，是生起。緣起，指一切事物和現象的生起變化，都是由相待（相對）的互存關係和條件決定的。從緣起論來看，人與人、人與社會也是相互依存的。就個人來說，一切人和物，乃至整個世界，都是個人依存的緣。因此，個人與一切人、一切物是互為條件、互為前提的。根據佛教緣起論的見解，一個人要成佛，就須以眾生為緣，依賴眾生的協助。教徒既以成佛為人生的最高目標，那就應該利益眾生、普渡眾生、解脫眾生。這是佛教人道主義的精髓。

眾生的解脫有沒有內在根據呢？如果沒有內在的根據，外在的促進因素再大也不會有什麼效果。給予適當的溫度，雞蛋可以變成小雞，而鵝卵石則無論怎樣加溫都無濟於事，這就是因爲鵝卵石的內部沒有變成小雞的因素。衆生之所以能夠解脫，也就在於衆生的本性就是佛性。《大涅槃經》不只一次的強調「一切衆生，悉有佛性」，不過常爲貪欲煩惱蔽障顯現不出來罷了，因而需要從外加以教示。《大涅槃經》講了一個寓言，有一貧女，家有金藏，但自己並不知曉，後經人指點果眞掘出了金子，這說明「一切衆生所有佛性，爲諸煩惱之所覆蔽，如彼貧女人有眞金藏不能得見」。

到了禪宗那裡，進一步肯定了人人都有佛性，人人都可成佛，關鍵在於能不能悟。「自性若悟，衆生是佛；自性若迷，佛是衆生。」（《壇經》）衆生之所以沒有成佛，其因就在於不能悟其自性，因而不得解脫。所以教徒的修行，應以衆生的解脫爲己任。因爲沒有衆生的解脫，也就沒有個人的眞正解脫。

利益衆生、普渡衆生，在虛竹那裡，既是一種崇高的信仰，也是他安身立命的家園。

這裡想拿蕭遠山與虛竹相比。蕭遠山三十年來日思夜想的只是報殺妻奪子的血海深仇。他的三十年的復仇願望爲無名老僧於瞬間實現了。無名老僧一掌下去，蕭遠山不共戴天的仇敵——慕容博頓時氣絕了。無名老僧向蕭遠山問道：「蕭老施主這口氣可平了罷？」蕭遠山在無比訝異之後，不禁心中一片茫然，張口結舌說不出話來。

多年以來，他潛居少林寺，晝伏夜出，勤練武功，就是爲了能手刃仇人以洩大恨。眼見恨之切齒的仇敵一個個在自己面前死去，按理說該當十分愜意，但內心卻實是說不出的寂寞淒涼，「仇人都死光了，我的仇全報了。我要到哪裡去？回大遼嗎？去幹什麼？到雁門關外去隱居嗎？去幹什麼？」他的生活失去了目標，失去了意義，失去了前進的方向，失去了立足的精神家園。

虛竹就沒有蕭遠山這種寂寞感、淒涼感，他把別人的事情當作自己的事情，把別人的苦難當作自己的苦難，把普渡衆生當作自己的責任，他的精神就有了寄託，有了支柱，有了立足的家園。這個家園不是靜態的，而是動態的。因爲把立足的家園建於普渡衆生的過程之中，就有永遠做不完的事，而不致中途停頓下來。

利益衆生、普渡衆生，在虛竹那裡，也是他行爲的準繩。

中國古代社會是一個宗法人倫社會。在宗法人倫的圈子裡，人們是講感情、講愛心的，而對這個圈子以外的人則是冷漠無情的。虛竹卻不是這樣，他待人不論親疏遠近，誰有難就助誰，這實爲不易。他救段譽和蕭峰還可說是出於結義兄弟之情（救段譽是在結義之先），而救段延慶、童姥、哈大霸、烏老大等人可以說與宗法人倫之情沒有一絲一毫的關係，但是他救他們的時候，不僅誠摯之至，而且傾其全力，完全不計自身的安危。

這種救苦救難、普渡衆生的佛教人道主義精神，的確是崇高、偉大的，它和基督教的博愛是相通的。

普渡衆生，救苦救難的要求，也使虛竹獲得了一種強大的力量。虛竹由於缺乏世俗經驗，再加之對自己武功內力的實際水準也欠了解，因此常常膽怯。在返回少林路上的一個飯店吃麵時，聽見丁春秋來了，暗叫：「啊喲，不好，給星宿老怪捉到，我命休矣！」慌亂中鑽入床底躲藏。接著又看到慕容復和丁春秋在飯店中的一場激戰，更是嚇得魂不附體，後來雖找機會從後門溜了出去，但仍如驚弓之鳥，小飯店、小客棧再也不敢進去了，只在山野間亂走。可見虛竹的膽怯，有時也是很嚴重的。

其時，三十六洞洞主、七十二島島主正在山谷中開會。虛竹看到他們模樣兇惡，怕是與丁春秋一夥，便不敢貿然相問，但無意聽到他們的悄悄商議，似乎要幹什麼害人的勾當，便當即緊隨其後，終於將烏老大等人欲拿女童祭刀的謀劃鬧了個一清二楚。此時的虛竹再也不是躲在床底下大氣不敢出的虛竹了。像是換了個人似的，全身充滿由救苦救難的慈悲之心所喚起的無比勇氣，待見烏老大舉起鬼頭刀砍向一個毫無抵抗力的啞巴女孩時，當即從岩石後面飛躍出來，搶了裝著女孩的布袋便跑。

是什麼使一個膽怯無比的虛竹，不多時像變魔術似的變成了一個勇敢無比的虛竹？這不是神的力量，而是信仰的力量、佛性的力量、心性的力量。正是這種眞實而又神奇的力量，使躲在床下的虛竹一下躍上了英雄的顚峰。

普渡衆生，包不包括大奸大惡的人呢？這個問題在佛教界是有爭論的。大奸大惡之人，在佛教中稱爲「一闡提」，或簡稱「闡提」，用以稱謂不具信心、斷絕成佛善根的人。《泥洹經》認爲「一闡提定不成佛」。《涅槃經》則認爲，一闡提也在衆生之內，自然也具有佛性：「一切衆生，乃至……一闡提，悉有佛性。」不過一闡提的佛性爲「無量罪垢所纏，不能得出，如蠶處繭」。

一闡提既然也具有佛性，因而也就是可以挽救的。虛竹所持的正是這種著眼於挽救的方針。童姥曾要虛竹助她殺人，虛竹不肯。童姥怒道：「嘿，死和尚，你和尚做不成了，卻仍是存著和尚心腸，那像什麼東西？像李秋水這等壞人，殺了她有什麼罪孽？」虛竹道：「縱是大奸大惡之人，也應當教誨感化，不可妄加殺害。」

挽救大奸大惡之人，首先要從挽救他們的生命著手，不然命都沒有了，還談什麼挽救呢？虛竹在對丁春秋的拚鬥中，他的武功內力均在丁春秋之上，他之所以沒有早早取勝，除臨戰經驗太差之外，心存慈悲是一個重要的原因。他因心存慈悲之念，許多厲害殺手往往只施一半便即收回，生怕傷了他的性命。在與鳩摩智的較量中，虛竹爲少林寺的聲譽而戰，越戰越勇，令鳩摩智奈何不得，就在鳩摩智暗施匕首傷人，虛竹吃了大虧的時候，靈鷲宮梅、蘭、竹、菊四女用四柄長劍同時刺向鳩摩智的咽喉，此時取他性命可說是易於反掌，但虛竹不計較個人的恩怨，從普渡衆生的慈悲之心出發，叫四女「休傷他性命」。虛竹這樣做是保護大奸大惡之人嗎？不是，而是要促使大奸大惡之人內部世界的變化，使其自身的佛性衝破貪瞋癡的蒙蔽，得以明心見性。鳩摩智後來大徹大悟，爲弘揚佛法做了許多好事，段譽雖首居其功，但虛竹的寬讓和慈悲也是起了作用了。

虛竹講慈悲，講普渡衆生，是否就不講善惡之分了呢？當然不是。不講善惡，既非眞正的慈悲，也不可能達到普渡衆生的目的。如果作惡和行善都是一個樣，那麼懲惡就沒有必要，行善也沒有意義，既不懲惡又不行善，又如何能普渡衆生，就是普渡恐怕也要喪失正確的方向。所以虛竹說：「釋家弟子，以慈悲爲懷，講究的是離貪去欲，明心見性。」而要離貪去欲，就非講善惡之分不可。

虛竹和無崖子有一段對話，很可說明他的善惡觀。無崖子說：「求你幫一個大忙，你能答應嗎？」虛竹說：「倘若命小僧爲非作歹，那可不便從命了。」無崖子問：「什麼叫爲非作歹？」虛竹說：「損人害人之事，是決計不做的。」無崖子說：「倘若世間有人專做損人害人之事，殺人無數，我命你去除了他，你答不答應？」虛竹說：「小僧要苦口婆心，勸他改過遷善。」無崖子說：「倘若他執迷不悟呢？」虛竹挺直身子，說道：「伏魔除害，原是我輩當爲之事。」對惡人無論是勸他改過從善也好，還是伏魔除害也好，都鮮明地表現了虛竹的善惡觀。

如果說上面的例子還只是反映了虛竹對善惡的認識的話，那麼下面的例子則顯現了虛竹在善惡問題上強烈的感情。他看見丁春秋在棋約之會後害死了許多人，包括玄難和蘇星河在內，頓時義憤塡膺，心中轉來轉去的念頭只有一個，那就是：「非爲師伯祖復仇不可，非爲聰辯先生復仇不可，非爲屋中的老人復仇不可！」接著口中又大聲叫了出來，非殺丁春秋不可！爲無辜被害者復仇，這就是善惡之分的態度和情感。

虛竹一方面盡力止惡揚善，另一方面又以超越善惡的普渡衆生爲更高要求。這兩方面是不可分離的，前者是實現後者的手段。這即是說，只有止惡揚善，才可能眞正地實現普渡衆生。虛竹正是這樣做的。

對丁春秋這樣的惡人，一開始就和他好好的講道理是不行的，你將他打疼了、打輸了，他才可能由惡變善。虛竹和丁春秋惡戰時，雖然手下留情沒有取他性命，但也給他身上種下了七枚厲害無比的生死符，不採取如此非常的懲惡手段，就無從將他徹底制服。

丁春秋中了生死符之後，起始還勉強頂住，後來實在支持不住了，伸手亂撕自己的鬚鬚，一根根隨風飄舞；又伸手亂抓自己的肌膚，手指到處鮮血迸流。他一邊用力撕抓，一邊不住喊叫，其狀甚爲慘厲。虛竹見此又生了慈悲之心，頗感後悔：「這人雖然罪有應得，但所受的苦惱竟然這等厲害。早知如此，我只給他種上一兩片生死符，也就夠了。」虛竹一方面從善惡觀著眼，認爲丁春秋罪有應得；另一方面又從超越善惡普渡人生的更高要求來看，覺得給丁春秋的懲罰太過了一些，因爲懲罰不是目的，懲罰是爲了促其悔過自新，回歸佛性——心性之本性、衆生之本性。

對人既要分善惡，又不執著於善惡，以實現普渡衆生（包括惡人在內）的更高目標，這就是虛竹的一個重要的人生觀。

淡泊名利

《天龍八部》中的不少人都爲名利所驅使、所奴役，解不開名韁利鎖的桎梏。遠離名利場角逐的虛竹，在淡泊這一點上，可以說無人出其右。

無崖子自知大限將到，收了虛竹爲自己的傳人，將自己七十餘年的功力授予給他。他請虛竹幫他個大忙，殺掉無惡不作的丁春秋。虛竹說：「只道老前輩已給他害死了，原來老前輩尙在人世，那……可好得很，好得很。」

無崖子接過這個話題，大有感慨，他歎了口氣說：「這三十年來，我只盼覓得一個聰明而專心的徒兒，將我畢生武學都傳授於他，派他去誅滅丁春秋。可是機緣難逢，聰明的本性不好……性格好的卻又悟性不足。眼看我天年將盡，再也等不了……已無時候傳授武功，因此所收的這個關門弟子，必須是個聰明俊秀的少年。」無崖子之意是要這個美少年得了他的內力之後，再去找他的師妹李秋水進一步修習武功，因爲只有內力而無武功，是不可能戰勝丁春秋的。爲什麼找李秋水學武功非要選個既聰明又俊秀的少年不可，因為李秋水向來只喜歡美少年，如來者相貌不佳，怕她不肯相教。無崖子的這層意思直到他生命的最後時刻才說了出來。

虛竹聽他說到「聰明俊秀」，心想自己的資質並不聰明，「俊秀」二字更是無從談起，馬上便對無崖子推薦了就近的兩個人，一是慕容復，另一是段譽，說著便要將他們請來和無崖子相見。

虛竹是在不知道自己已接受了無崖子七十餘年的功力，實際上成了他的關門弟子的情況下，才說這番話的。學武，是武界人士無論如何要爭的機會，何況是學上乘的武學，但虛竹卻慨然相讓，舉薦他人，這是淡泊名利的高尚情操。

逍遙派掌門人的位置，這是許多人窺伺的目標。但虛竹並不看重它，隨時準備拱手相送。

無崖子逝後，蘇星河看到虛竹手指上戴著作為本門掌門人標記的寶石戒指，便問：「這是不是師父自己從手上除下來給你戴上的？」虛竹肯定之後，蘇星河說：「師弟，你福澤深厚之極。我和丁春秋想這只寶石指環，想了幾十年，始終不能得到手，你卻在一個時辰之內，便受到師父的垂青。」語氣中露出十分羨慕之意。

聽話聽音，即使再笨的人也能看出蘇星河的心思。虛竹忙除下指環遞過去，「前輩拿去便是，這只指環，小僧半點用處也沒有。」「拿去便是」，說得何等輕鬆，顯出虛竹沒有一絲一毫的貪戀之意；虛竹並未將別人當寶貝的東西也當寶貝看待，「半點用處也沒有」，說得又是何等的斬釘截鐵。

蘇星河當然不是那種玩弄權術的奸人，對掌門之位羨慕歸羨慕，但羨慕絕不是覬覦。說起掌門之位，他也不免有一番感慨：「這三十多年來，我多方設法，始終找不到人來承襲師父的武功。眼見師父日漸衰老，這傳人便更加難找了，非但要悟心奇高，尚須是個英俊瀟灑的美少年……」接著，蘇星河向虛竹掠了一眼，輕輕歎了口氣。

又是「美少年」三字！虛竹不知道武功與相貌有何聯繫？只知道蘇星河對他這個傳人並不滿意，可又無可奈何，故輕輕歎氣。他向蘇星河說：「小僧相貌醜陋，決計沒做尊師傳人的資格。老前輩，你去找一位英俊瀟灑的美少年來，我將尊師的神功交給了他，也就是了。」蘇星河一怔，說：「本派神功和心脈氣血相連，功在人在，功消人亡。」虛竹連連頓足：「這便如何是好？教我誤了尊師和前輩的大事。」

蘇星河說：「師弟，這便是你肩頭上的擔子了。那珍瓏實在太難，我苦思了幾十年都毫無辦法，你一來便解開了，這『悟心奇高』四個字的評價，於你是合適的。」虛竹苦笑道：「那個珍瓏壓根兒就不是我自己解的。他不想貪他人之功爲己有。」

說起珍瓏棋會，蘇星河的話便多了起來，珍瓏雖非他所創，但其中也灌注了他多年心血。他說：「姑蘇慕容公子面如冠玉，天下武功無所不能，原是最佳人選，偏偏他沒能解開。」他又說，段正淳武功不錯，最難得的是風流倜儻，但可惜找不到他。說到段譽，他說他聰明臉孔笨肚腸，咱們用他不著。

虛竹心想：「原來你們要找一個美少年去對付女人，這就好了，無論如何，總不會找到我這醜八怪和尚的頭上來。」他不由得暗暗喜歡，喜歡可以不作掌門了。在名利這一點上，虛竹的愛惡和常人往往是倒著來的。

虛竹看來是高興得太早了。蘇星河軟硬兼施，竟然使出了自殺的手段，逼迫虛竹答允做該派掌門人。接著蘇星河又抓住「玄難大師叫你聽我的話」這一句大作文章，使虛竹無從辯白，答允不是，不答允也不是。就是這樣，虛竹手指上的七寶指環一直沒有解下來。他雖不想戴，但知道此物要緊，放在懷裡生怕掉了，就只好戴在手上。

以後虛竹從刀下救出童姥後，童姥向虛竹上下打量，突然見到他戴的那枚寶石指環，便追問它的來歷。虛竹將師父如何派他下山，如何破解珍瓏，無崖子如何傳功傳指環等等情況一一說了。

童姥等他說完，問：「這麼說，無崖子是你師父，你怎地不稱師父，卻叫什麼『無崖子老先生』？」虛竹神色尷尬，說：「小僧是少林寺僧人，實在不能改投別派。」童姥問道：「你是不願做逍遙派掌門人的了？」虛竹連連搖頭說：「萬萬不願。」童姥說：「那也容易，你將七寶指環送了給我，也就是了。我代你做逍遙派掌門人如何？」虛竹大喜，說：「那正是求之不得。」說著從指上除下寶石指環，交了給她。

「連連搖頭」的動作，「萬萬不願」的言語，生動地表明了虛竹不想作掌門人的願望；大喜過望的情緒以及「求之不得」的心聲，更是深刻顯示了虛竹解脫名利束縛後的心態。

童姥去世前夕，要虛竹作縹緲峰靈鷲宮的主人，虛竹聽後大驚，忙道：「師伯，師伯，這個萬萬不可。」虛竹連呼兩聲「師伯」，可見其情急之狀。這裡說的「萬萬不可」比以前說的「萬萬不願」，語氣顯得更堅決了。

有的人也說淡泊名利，但那不過是搔首弄姿、故作姿態罷了，是欲謀取更大功利的一種手段。而虛竹卻不是這樣，他是出自他的本心和本性的。

這與他的普渡衆生的人生觀有很大關係。虛竹說過，他要「以慈悲爲懷，普渡衆生爲志」。具有這種胸懷的人，是不可能執著於個人名利的。反之，爲名韁利鎖桎梏的人、只注意個人榮辱進退的人、只盯著自己鼻子尖的人，是不可能「以慈悲爲懷，普渡衆生爲志」的。

虛竹的淡泊名利，除受道家思想影響外，也與他所持的佛教「空」觀有關。他曾對三十六洞和七十二島諸英豪說：「人生如夢幻泡影，如露亦如電，童姥她老人家雖然武功深湛，到頭來終於功散氣絕，難免化作黃土。」

佛教經典《中論．觀四品諦》也有一段與上類似的話：「一切有爲法，如夢幻泡影，如露亦電，應作如是觀。」「有爲法」，佛教名詞，泛指一切由因緣和合而生、遷流轉變的現象。佛教認爲，世界上的一切事物因爲都是因緣和合而生的，所以變化無常沒有實在的自性，沒有實在的自性就是「空」，空是事物的本來面目。人的世俗所見所聞的，包括人在內的一切事物，都是幻相，都是假相，亦都是空。

幻相假相是變化無常的，在空間上如夢如影，在時間上如露如電。受到佛教「空」觀的影響，曹操〈短歌行〉一詩中有這樣豪邁而兼悲涼的句子：「對酒當歌，人生幾何？譬如朝露，去日苦多。」《紅樓夢》中深有「假作眞來眞亦假，無爲有處有還無」的人生感歎，一首「好了歌」，更是顯得意味深長：

世上都曉神仙好，唯有功名忘不了！
古今將相在何方？荒塚一堆草沒了。

世人都曉神仙好，只有金銀忘不了！
終朝只恨聚無多，及到多時眼閉了。
世人都曉神仙好，只有嬌妻忘不了！
君生日日說恩情，君死又隨人去了。
世人都曉神仙好，只有兒孫忘不了！
癡心父母古來多，孝順子孫誰見了？

人生既然如此，那麼就不要執著於世俗之有，因爲一切世俗之有均是變化無常的幻相、假相，亦是空。因此，個人名利不應貪求，彼此恩怨也不應執著。虛竹講「空」的目的正在於此，他接著他上面所說的「人生如夢幻泡影」的話，對各洞島主說：「各位就算眞和童姥有深仇大恨，她既已逝世，那麼也不必再懷恨了。」

這裡要消除對佛教空觀的一些誤解。

從佛教看來，人和其他事物一樣，本質上也是空的。人是五蘊（前文有關於

「五蘊」的解釋）和合而生的，而五蘊是流變無常、虛幻不實的。所以人不僅死後因五蘊散滅而空，而且人活著的時候，也因只是五蘊和合，所以也是空的。劉禹錫有一首七言絕句〈烏衣巷〉：「朱雀橋邊野草花，烏衣巷口夕陽斜。舊時王謝堂前燕，飛入尋常百姓家。」寫的不就是世俗之有的變化無常、空幻不實嗎？有人認爲人死後才是空，這是一個誤解。佛教認爲，人活時亦是空。佛教講空，最強調的是要人在未死時，就認識到、體悟到人是空的。這是佛教講空眞正意義之所在。正因爲人活時亦是空，名位、權力、美女、金錢的追求以及相互之間仇怨的執著都毫無意義了。因此，凡事要拿得起、放得下、想得開。

對佛教的空觀還有一個誤解，那就是認爲空是虛無，是沒有，是不存在。這種看法也是不對的。空，一方面說明世俗之有十年河東，十年河西，變化不居，假而不實，故曰空。從另一方面看，空也是有，但不是假有、世俗之有，而是不可言說、不可描述、不著世俗形相之「妙有」。「妙有」，雖然不可言說、不可描述、又不著世俗的形相，但仍是可以體悟，可以體驗的。中國佛教華嚴宗謂眞空即妙有，故有「眞空妙有」之說。「妙有」，就是一切事物常住不變的眞如，即一切事物眞正如實的眞實性質、眞實狀況。而人人都有的佛性，就是一種眞如，一種妙有。

對佛教的空觀，還易產生另一個誤解。在空與假有的關係中容易走極端，或棄有而執空，或棄空而執有。空與假有實際上是緊相聯繫的。

假有是事物的現象，空是事物的本質。空，即寓於萬物的假有之中，離開假有哪裡又有空呢？所以，離開假有去談空，離開世俗生活去談空，離開萬事萬物去談空，這種空就眞的是一種虛無，眞的是一種不存在的東西，當然也是沒有任何意義的東西。

同時，也不能離開空去談假有，否則，假有就會誤認爲眞有，人們就會迷戀世俗的名利、權力、金錢、美女，在「貪瞋癡」的泥沼中越陷越深，甚至導致滅頂之災，哪裡還談得上有超越境界的構建。

空與假有，是銅板的兩面，所以《三論玄義》說：「有不自有，因空故有；空不自空，因有故空。」這說明空與假有是不可分割的。我們再舉《天龍八部》的例子來說明。逍遙派掌門、靈鷲宮主人這些名位，可說是一種假有之幻象。爲什麼這樣說呢？因爲它流動不居，生滅不斷，所以是假有。也正因爲是假有，所以它才是空的。換言之，正因爲它是空，所以才是假有。

金庸對虛竹這個人物形象的創造，從一定意義來說也是很好地把握了空與有的關係。虛竹之虛，有「空」義；虛竹之竹，有「清」義、「淨」義。金庸寫他的性空、性清、性淨，不是叫他去面壁，去靜坐，而是將他置於各種人物關係、各種特定情境之中，去和世俗之有、污濁之有打交道，從而顯示出他的本性之空、品性之清和心性之淨。如果作者離開具體的人物和環境，離開具體的糾葛和矛盾，虛竹的空、清、淨（當然，虛竹作爲一個活生生的人物形象，其豐富的意蘊絕不只「空、清、淨」三點），還能寫得如此鮮活生動，如此感人肺腑嗎？不能，顯然不能！所以「空不自空，因有故空」這兩句實在是講得太好了。當然，金庸寫虛竹的具體活動、具體情境，並不僅僅是就「有」而寫「有」，而是以「空」視「有」，換言之，即用「空」來評價「有」，看到世俗之有均爲「假有」，這不又是「有不自有，因空故有」嗎？

金庸用空與有相聯繫的視野來寫虛竹，就將世間和出世間統一起來了。虛竹雖在世間，並居逍遙派掌門人和靈鷲宮主人的高位，但他不貪戀這些假有，因此他的世間即出世間。從另一方面說，他雖看出一切事物之空的實相，但又不脫離世間，因此他的出世間即世間。換言之，虛竹也只有站在出世間的高度，才能將普渡衆生這件世間的頭等大事做好。當然，這件頭等大事不是一人、也不是一時可以完成的。

解脫衆生，普渡衆生，一方面要使他們不要執著、迷戀、貪占世俗之有，因爲一切世俗之有特別是名利之有都是假有，都是靠不住的，都是遲早要起變化的。另一方面又要使他們自覺地祛除名利等等妄念的覆蓋，發現、體悟自性如日月常明的佛性，使他們人人向佛走近，甚至人人成佛。這是一項長期的、浩大的、崇高的事業。

佛教的空觀，如不全面理解、整體體悟，就有可能導致否定一切的虛無主義。但也可能啓示我們從更高的人生境界來看問題，走出個人的狹小天地，把名利看淡些，把禍福看輕些，把榮辱看虛些，把得失看空些，以便更好地將自己的生命融入到普渡衆生的偉大事業之中去。

無爲之爲

虛竹從少室山走下後，種種所爲，從表面現象看來，不是笨拙不堪，就是受制於人，缺乏應有的機智和主動。

他救段延慶時所下的棋子，是閉了眼睛隨手下的一子。蘇星河斥他「胡鬧」，其他人也不禁哈哈大笑，都說「那不是開玩笑嗎」。蘇星河說：「小師父這一著雖然異想天開，總也是入局的一著。」虛竹賠笑，乞求蘇星河原諒，顯得被動之極。

虛竹的少林內功，在和無崖子說話之間不知不覺化去了。當時他只覺得像洗熱水澡似的，全身毛孔有說不出的舒暢。接著，虛竹又不由分說的被迫接受了無崖子七十餘年的內功。無崖子將內功傳付虛竹後，生命之火即將熄滅。虛竹見他可憐，又違心地將作爲逍遙派掌門標誌的寶石戒指戴在自己的手上。

虛竹雖然得了無崖子渾厚的內力，但他的武功不行。他救了童姥之後，童姥為抵禦李秋水對她的傷害，她用欺騙的手段使虛竹學會了上乘的武功，企望虛竹在她與李秋水決鬥時能助她一臂之力。後來童李二人冰窖拚死相鬥，雙方都受了重傷。寒冰融化之後，三人在積水中擠成一團，虛竹恰恰夾在童李二人中間。不死不休的仇敵此時仍催動內力各向對方攻去。童李二人功力相若，兩力相融，便即僵持，都停在虛竹身上。後來童李二人的內力與虛竹的內力合三為一，虛竹內力從此大盛，較前大幅提高。但這種提高，虛竹並不是主動追求的，而是不為之為的結果。

童姥去世前，要將縹緲峰靈鷲宮主人的位置交給虛竹，他雖然一開始就表示「萬萬不可」，態度似乎非常堅決。但當童姥將想不想見夢姑與答不答允做靈鷲宮主人兩件事聯繫起來的時候，虛竹只得紅著臉點了點頭。這種答應顯然是違背他的意志的。

虛竹雖然也有好色而慕少艾的人之天性，但謹守不犯淫戒的律條，不敢越雷池一步。他與西夏公主帶有夢幻色彩的結合，是童姥一手操辦的。後來西夏國王招榜選婿，他也是陪著段譽去的，自己並不想有什麼作為。後來在宮女的三問三答中，他於無意中找到了自己日思夜想的夢姑。

以上所述典型事例，都是虛竹無爲之爲的顯現。從表面看來，虛竹所做的每一件事都是被動的，沒有自己主動的作爲，而在本質上來看，這種無爲之爲並非是消極的。在這方面，可以說虛竹既接受了道家創始人老莊，也接受了道家其他學派的影響。《淮南子．原道訓》說：「所謂無爲者，不先物爲也。所謂無不爲者，因物之所爲也。」認爲遵循自然趨勢、事物規律而爲，便是無爲。《淮南子．修務訓》又說：「若吾所謂無爲者……循理而舉事，因資而立功。」這種把不違背客觀規律的作爲稱之無爲，實際上和有爲是統一的。這裡的無爲之爲較之老莊完全順應萬物的無爲之爲，顯然有了更爲積極的意義，前者所說的無爲實際上是符合客觀規律的有爲，是以無爲爲形式的有爲。

現在回過頭來看看虛竹無爲之爲典型事例之中的積極意義。

先就下棋來說，無崖子所設的那個「珍瓏」難題，變幻百端，因人而施，愛財者因貪失誤，易怒者由憤壞事。段譽之敗，是愛心太重之故；慕容復之失，則因太迷戀權勢。段延慶之險，在於他早就拋棄了正宗武功改習邪術，所以一到全神貫注下棋之時，就難以抵禦外魔（丁春秋的幻術）的入侵，以致越走越偏，難以挽救。

虛竹胡亂所下的一子，所以能收奇效，不致重蹈覆轍，從人生觀這一層面而言，他是救人危難而為，因而不著意於自己的生死，更不著意於自己的勝敗，從而超越了「珍瓏」本身得失的糾纏，達到了勘破生死勝敗的更高人生境界。從具體方法這一層面而言，虛竹從與眾人相反的思維路徑入手，先殺死己方一大塊棋子，打開迴旋寬廣的天地，然後取得必勝之勢。

所以，無為並非是什麼事也不做的無所事事，而是不計較、不執著生死勝敗的無為，或者說是超越生死勝敗的無為。這樣的無為，既是事物本身規律的反映，也是人生更高境界的構建。

武學之士，對於渾厚的內力、精湛的武功，以及顯赫的名位，可以說極少有不羨慕的。不羨慕這些，那還叫武學之士嗎？就是蕭峰這樣的大英雄，對於虛竹的地位也曾表示過豔羨之情，他對虛竹說：「你身為靈鷲宮主人，統率三十六洞洞主、七十二島島主，威震天下，有何不美？」但是虛竹卻不看重這些，他羨慕的竟然是丁春秋，丁春秋傷天害理，作惡多端，卻能在少林寺清修，虛竹想在少林寺出家，師祖和師父卻趕了他出來。命運就是偏偏要和人的意志較勁，你不想要的東西，它偏要給你，叫你奈何不得；你想要的東西，它偏不給你，令你黯然神傷。

虛竹的少林武功雖然修習不深，但不由分說的叫無崖子化去了。他不想要的——無崖子、童姥、李秋水三人的內力、童姥的武功、逍遙派掌門、靈鷲宮主人等等光華耀眼的東西卻接踵而來。虛竹接受這些東西時是被動的、不得已的、不情願、不高興的，他也抵制過、反抗過，但無濟於事，最終還是胳膊扭不過大腿。從這一點而言，可說是無為的。

虛竹在被迫接受諸高手的內力、武功以及顯赫的地位後，他於無為之中又顯示了有為的作用。救出刀下的童姥，療治程青霜的重傷，拔除諸洞島主身上的生死符，止住玄渡胸口的鮮血，抗擊鳩摩智的驕橫，援救蕭峰，制服丁春秋，以及最後的力擒遼帝，哪一樣又能離開渾厚的內力和高超的武功。這不是無為中的有為嗎？虛竹的這種有為，本質上又屬於無為，因為虛竹在做上述救苦救難之事時，是本著慈悲之心和普渡衆生之志而爲的。這種慈悲之心和普渡衆生之志，對他來說，並非是外在的強加的東西，而早已變爲了他的性情、他的生命、他的行爲習慣，所以他做救苦救難之事，是任其性命之情的自然而然的表現，而絕無矯揉造作之態。從這點來說，他不又是無爲的嗎？

虛竹和西夏公主的結合，雖是童姥牽的線，但他並未使用什麼討女人喜歡的手段，而是自然地敞開他尊重、體貼、鍾愛戀人的純潔無疵的心扉，最終在衆多追求者中贏得了愛情。

在虛竹的無爲之爲中，相當程度上顯示了無不爲的作用和力量。

虛竹的人生哲學

評語

多元影響

一個人的飲食結構是多元的，一個人的精神結構也是多元的。虛竹也不例外。

佛教傳入中國之後，爲適應中國本土的需要，不斷進行了改革。虛竹接受的佛教影響，相當部分是禪宗的。

禪宗首先是強調心的主宰作用。《壇經》中講了一個「幡動？風動？心動？」的故事：禪宗的第六代祖師惠能一次到廣州法性寺聽印宗法師講《涅槃經》。當時風將佛殿的旗幡吹動了。一僧說：「這是幡在動。」另一僧說：「這是風在動。」兩人爲此爭論不休。惠能聽後上前對二僧說：「那既不是幡動，也不是風動，而是你的心動。」禪宗認爲「心外無物」，心即一切，所以惠能認爲既不是幡動，也不是風動，而是心動。

那麼這個心是什麼心呢？禪宗以爲心性本淨。惠能有一深得五祖禪師弘忍賞識的偈語：「菩提本非樹，明鏡亦非台，本來無一物，何處惹塵埃。」這是對心性本淨的形象說明。這一本淨的心性和佛性是一體的，自性是佛，本心即佛，在《壇經》中，惠能說：

本性是佛，離性無別佛。

佛是自性，莫向身外求。

自歸依佛，不言歸依他佛。自性不歸，無所依處。

在這裡，惠能把自性與佛視爲一體，把心外的佛變成心內的佛，因此不能離自性求佛。在《黃蘗斷際禪師宛陵錄》中，唐代僧人希運以向山谷找聲響，此喻離自身向外求佛之不可得。他說：在山上叫一聲，聽到山谷裡有回響，便急忙下山找聲響，而當找不到聲響時，又上山叫一聲，再復下山尋覓，如此千生萬劫，也不可能找到聲響。離自身求佛的人，亦復如是。

求佛既然不能外求，那麼「明心見性」、「見性成佛」之悟就十分重要了。有了悟，也就能「明心見性」，「一悟即至佛地」、「前念迷即凡，後念悟則佛」（《壇經》）。

由上可見，禪宗是十分注意心性悟覺的。虛竹也同樣如此。例如，他聽說童姥練成神功要殺李秋水，他一面勸她：「我看冤家宜解不宜結，得放手時且放手罷」，一面又準備離開她。他還沒有走出幾步，就被童姥封住要穴跌倒了。這本是很令人惱火的事，但虛竹卻能泰然處之。在他看來，今日被困，是以往作業的果報，因此他甘心領罰，並用「逢苦不憂」的經言來寬慰自己。在靈鷲宮他和段譽一邊飲灑，一邊思念各自的戀人，卻又誤以為是同一對象，並同用「得失隨緣」的經言相互寬慰。有人認為，虛竹和段譽引用佛經調整失戀的心態，與佛法無關。我不贊同這種看法。佛教傳入中國之後，經歷了出世到入世的轉變。基本完成這個轉變的是惠能。他在《壇經》中說：「佛法在世間，不離世間覺，離世覓菩提，恰如求兔角。」主張於世間求出世間，反對遠離世間求解脫。虛竹和段譽一起用佛經來調整自己因思戀而悵惘的情緒，這亦是於世間求出世間的自我解脫。

在虛竹的言行中，也可見到儒家思想的鮮明烙印。

儒家思想是我國主流思想之一，它對佛教的中國化產生過重大作用。它的「泛愛眾」（《論語．學而》）、「四海之內皆兄弟」（《論語．顏淵》）的觀念，以及「大道之行也，天下為公」（《禮記．禮運》）的大同思想，與佛教的大慈大悲、普渡眾生有相通之處。虛竹多次出手救人之時，只是憑著一番慈悲心腸，他發過誓，決意要做菩薩、成佛，見到眾生有難，那是非救不可，而不論熟識與否。這就是把所有的人都當成親人，當成兄弟姊妹。

儒家思想以倫理為本位，而在倫理本位中，又以孝為核心。《孝經》說：「夫孝，德之本也，教之所由生也」，「夫孝，天之經也，地之義也，民之行也。」把孝擴大一點則為「孝悌」，除孝順父母外，還應敬愛兄長，孔子說：「孝悌也者，其為仁之本與。」（《論語．學而》）虛竹自幼是個孤兒，雖長期沒有行孝的機會，但見到生身父母的那種強烈而深厚的親情，實在令人感動；而目睹父母雙亡摧肝裂肺的悲痛，更令人唏噓不已。這說明虛竹當了和尚，並未了斷塵緣，棄絕親情，這是和儒家思想影響分不開的。

「富貴不能淫，貧賤不能移，威武不能屈」（《孟子．滕文公下》），這一儒家推崇的高貴氣節，虛竹身上也有突出的表現。他當了靈鷲宮主人，對其屬下的幾百名女子，以禮相待，十分敬重；對統轄的三十六洞洞主和七十二島島主謙虛謹愼，平等待人，這可說是「富貴不能淫」。他剛下山時，地位低下，遇到風波惡和包不同的多次挑釁，他雖步步退讓，但不打架的方針是堅持不變的，這可說是貧賤不能移。卓不凡的神劍懸在虛竹頭頂，要他吐露心中的隱私，但他無論如何不肯說，「你便殺了我，我也不說。」這可說是威武不能屈。

孔子在《論語．學而》提出的「和爲貴」，是儒家思想的重要體現。虛竹的言行中很多地方堅持了和爲貴的原則。他在童姥和李秋水的爭鬥中，兩不相助，便是和爲貴思想的體現。調解靈鷲宮和三十六洞洞主、七十二島島主的多年宿怨，更是始終堅持和爲貴的原則，這樣才能化干戈爲玉帛。

對朋友重情重義，也是儒家的人格要求。少室山上，數千武林中人圍攻蕭峰，衆寡懸殊，凶險無比，而虛竹以兄弟情誼爲重，毅然站在蕭峰一邊。以後又從西夏萬里迢迢不辭辛勞趕赴遼國，救援被遼帝所困的蕭峰。

道家思想的影響，在虛竹身上也是鮮明的。他的淡泊無爲的觀念都有道家思想的明顯烙印，前面已有分析，這裡不再贅述。

虛竹所接受的思想影響是多元的，但多元之間並非互不關涉，而是相互聯繫、相互滲透，多元一體，一體多元。例如，虛竹身上道家的無爲思想和佛教的空觀，就很有聯繫。佛教空觀的核心，就是否認一切事物和現象的實在性，所以惠能說要「以無念爲宗，無相爲體，無住爲本」。這三無的核心就是不要執著內在和外在世界的種種現象。有了這「無念」、「無相」、「無住」，心靈中就沒有什麼分別與執著，這正如一個比喻所說的，鏡子可以照見萬相，但終歸不留住萬相，不執著萬相，因而鏡子才能無影無相、清淨無垢。人的心靈也應像鏡子一樣，虛空能容納一切，又不執著一切，因而能保持自性的清淨。所以佛教的空觀，就是叫人不要執著內在外在的東西，無我無欲，自然清淨，這樣方可得到解脫。道家無爲思想的核心，是順應自然、順應客觀規律，也是要人們安時而處順，不要執著榮辱、毀譽、進退。在不要執著內外世界種種對象這一點上，道家和佛家是相通的。虛竹對個人名利看得極淡，與人無爭，不競逐身外之物，既接受了道家也接受了佛家的影響。

多重角色

生活是一個戲劇的舞台，每個人不管你高興不高興，願意不願意，總要以不同的角色身分作不同的表演。你若不想作表演，這不想的本身亦是表演。

我們可以說虛竹是一個佛教徒，但又不僅僅是一個佛教徒。

對玄慈、葉二娘來說，虛竹是他們的兒子；對蕭峰、段譽來說，虛竹是他們的結拜兄弟；對無崖子來說，虛竹是他的傳人；對靈鷲宮衆女子來說，虛竹是她們的新主人；對三十六洞和七十二島各英豪來說，虛竹是他們的首領；對西夏公主來說，虛竹是她的戀人和丈夫。從以上的簡略分析中，可以見出虛竹的多重角色、多種身分。

所以，每一個活生生的人，都是「角色叢」（或稱「角色集」）。每個人的多種角色之間雖然是相互聯繫和相互滲透的，但又是不能等同的。所以，我們看待虛竹這個人，既要看到他是佛教徒，又要看到不能爲佛教徒這一角色所包容的其他角色的身分和情感。例如虛竹的男女之情，金庸先生是這樣寫的：「虛竹今年二十四歲，生平只和阿紫、童姥、李秋水三個女人說過話，這二十四年之中，只在少林寺中唸經參禪。但好色而慕少艾，乃是人之天性，虛竹雖然謹守戒律，每逢春暖花開之日，亦不免心頭蕩漾，幻想男女之事。只是他不知女人究竟如何，所有想像，當然怪誕離奇，莫衷一是，更是從來不敢與師兄弟提及。」這種思求異性的心理，德國大詩人歌德說過：「年輕男子誰個不鍾情？妙齡女性誰個不懷春？」這種角色心理活動顯然有其自身的獨特性，不能隨意歸納於佛教徒此一角色之中。

如果稍微仔細的看一看，虛竹對待女性角色的態度可分爲三類：一是對年老的，虛竹對待老年女性，如余婆婆，幾乎沒有什麼性別意識。但因童姥、李秋水練功多年，沒有明顯的老態，那又另當別論。當童姥練到十七歲的功力，出落成美貌的大姑娘時，虛竹便不肯背負她了。對李秋水輕柔婉轉的聲音和苗條婀娜的身材，虛竹也有明顯的感應。二是對年輕的，如梅蘭竹菊四姊妹，虛竹有鮮明的性別感，她們越是好好的服侍他，他越是顯得緊張、膽怯、愧疚，「嚇得不敢作聲，臉色慘白，心中亂跳」。這種性別感是沒有占有欲的，是超越功利的審美感。第三類是對待戀人的，將生物的、心理的和審美的三因素統一起來了，前有分析，這裡不再重複。虛竹對不同女性的態度，在角色身分上是有重大差異的，在第一類中他以無性別的普通人角色身分出現，在第二類中則以男性角色身分出現，在第三類中以戀人的角色身分出現。這三類角色身分是不能混同的，特別是第二類和第三類角色身分不可混同，如對年輕女性都以戀人角色待之，那就糟糕至極了。年輕女性也不要因爲男性在自己面前有些不自然的表現，就以爲男性對自己不懷好意，這也是判斷的失誤。

於此可見，不同的角色身分既不可相互取代，也不可相互混同，因爲不同的角色身分反映的是不同的社會文化關係，即不同的社會文化存在，而存在是不可隨意取消和否定的。

不同角色身分之間，既有統一的一面，又有矛盾乃至衝突的一面，即如俗話說的，心裡有幾個人打架。

扮作少年的阿紫和虛竹在一個小飯店相遇時，阿紫見虛竹吃的是素麵，便對他說：「青菜蘑菇，沒點油水，有什麼好吃？來來來，你到我這裡來，我請你吃白肉，吃燒雞。」虛竹說「罪過，罪過，小僧一生從未碰過葷腥，相公請便。」虛竹說這番話時顯現的是出家人角色的身分。

調皮的阿紫趁虛竹不注意，悄悄往虛竹碗裡加了一匙雞湯。虛竹一生不知雞湯爲何物，只是感到吃麵時十分香甜，喝湯時異常鮮美。虛竹這種感覺是作爲普通人角色的感覺。可當虛竹知道事情的眞相時，極少發怒的他也發怒了，他說：「從未沾過葷腥的我，可毀在妳的手裡啦。」這時虛竹身上出家人的角色身分和普通人的角色身分打起架來了。前者要否定後者不許吃葷腥，而後者要否定前者享受人間的美味，這就是角色衝突。

男女之欲，男女之情，這是人的天性。可佛教就有一條「不淫」的戒律。普通人的天性和佛教徒的戒律在虛竹身上的衝突也是相當的激烈。當童姥將少女擄來放在他的胸前，少女主動勾住他的頭頸的時候，他將少女抱在懷中，越抱越緊，片刻間神遊物外，竟不知身在何處……虛竹這時顯現的是一個普通人的角色。可是當過了多時之後少女問他「好哥哥，你是誰」時，他顫抖地說：「我……我大大的錯了。」虛竹說這話時又恢複了佛教徒的角色。當童姥將少女帶離他的懷抱時，虛竹叫道：「妳……妳別走，別走！」虛竹說第一個「妳」字時，本來想接著說「別走」，可是普通人和佛教徒的角色在打架，但猶豫了片刻之後，普通人的角色意識終於占了上風，在說了一個「妳別走」後，感到意猶未足，又用堅決肯定的語氣說了一個「別走！」「妳別走」後面用逗號，「別走」後面用驚歎號，顯示了虛竹情感要求的逐步強化。

不要以爲虛竹心中的角色衝突就此結束了，事情遠沒有那麼簡單。童姥送走少女後，笑著對虛竹說：「小和尙，我說你享盡了人間豔福，你如何謝我？」虛竹「我……我……」說不出話來。接著童姥又笑他不守淫戒，口是心非，風流好色。

性情剛烈的虛竹怎能經得起如此的譏諷，他又是悔恨，又是羞恥，猛地將頭撞向堅冰。這說明，此時他的佛教徒角色意識又占了主宰地位，不然他不會感到悔恨和羞恥，更不會去自殺。

童姥勸他不要自殺，如果犯了戒就自殺，那麼天下活著的和尚就沒有幾個了。虛竹一想也是，佛門是十分珍重生命的，這自殺本身又犯了一大戒。這時虛竹眞的沒了主意，一方面作爲出家人他不免自怨自責，另一方面他作爲普通人，又不禁想起他和少女的溫柔旖旎之事，這時他突然問道：「那……那位姑娘，她是誰？」童姥說，姑娘年方十七，端麗秀雅，無雙無對。適才黑暗之中，虛竹看不到那少女的半分容貌，但肌膚相親，柔音入耳，想像起來也必是容色姣好的美女，聽童姥說她「端麗秀雅、無對無雙」，不由得長長歎了口氣。童姥微笑道：「你想她不想？」虛竹不敢說謊，卻又不便直言無諱，只得又歎了一口氣。

從這兩次歎氣中，雖然普通人的角色意識稍占上風，但出家人的角色意識並未繳械投降。心中的角色衝突仍然存在，不過沒有剛才那麼激烈罷了。

此後的幾個時辰，虛竹全在迷迷糊糊中過去。童姥再拿葷食放在他面前，虛竹便起了自暴自棄之心，尋思自己犯了殺戒、淫戒，還成什麼佛門弟子，拿起雞肉便吃。但是食而不知其味，怔怔的又流下淚來。這仍是兩種角色衝突的餘波，不然他就不會邊吃邊流淚。

虛竹和少女經過三天的恩愛纏綿，令虛竹覺得這黑暗的寒冰地窖便是極樂世界，又何必皈依我佛，別求解脫。應該說，普通角色的性愛意識此時已主宰他的精神世界了。

角色意識也有顯意識和潛意識之分。在淺表層次的顯意識占了上風，不等於在潛意識的深裡層次也紮下根了。反之，在顯意識的層次上看不見痕跡的東西，也不等於在潛意識層次上斬草除根了。

果不其然，那二十四年長期培養起來的謹守淫戒的出家人角色意識，在虛竹返回少林寺之後又萌發了，眞是野火燒不盡，春風吹又生。他先是向緣根進行了懺悔，結果招致一頓毒打，也毫無怨恨。以後又向玄慈等少林高僧吞吞吐吐地說了。虛竹想起自己所犯包括淫戒在內的種種戒律，越想越難過，不由得痛哭失聲。虛竹的懺悔不能不說是眞誠的。他的出家人的角色意識又一次復活了。

但是，虛竹眞誠的懺悔也不過暫時壓抑了普通人的角色意識，壓抑了普通人的性愛觀念、性愛情感，一時感覺不到、體驗不到罷了。壓抑的東西，並不是消失的東西，因爲只是壓抑到潛意識的深層區域去了。

情絲難斷，情種難除。普通人角色的性愛意識，在顯意識的層次上暫時不見了；但在潛意識層次上，仍然活躍著。所以當他看見美少女鍾靈時，便仔細旁觀她和段譽、阿紫對話的情狀，揣摩她是不是他的夢姑：「說不定鍾姑娘便是夢姑，早已認了我出來，卻絲毫不動聲色，將我蒙在鼓裡。」

西夏國王要招駙馬，當梅劍勸虛竹去試試時，虛竹連連搖手，說道：「不去，不去！我一個出家……」，連說了兩個「不去」，不去之意似很堅決，但「出家人」三個字中最後一個「人」字沒有說出來，這說明在去不去的問題上他猶疑起來了。這裡仍有兩個角色意識的鬥爭，在顯意識上「不去」的意念是堅決的，而在潛意識上「不去」的意念又動搖了，這從沒有說出的「人」字及其言外之意、弦外之音可以看出來。虛竹對自己內心的矛盾感到不好意思，臉刷地一下紅了。去不去呢？的確拿不定主意。關鍵仍在於要確定鍾靈是否爲夢姑？虛竹轉頭偷眼向鍾靈瞧去，只見她怔怔的望著段譽，而對自己上面所說的「不去，不去」的話沒有絲毫的反應，鍾靈如果是夢姑的話，臉上總要多少露出一點喜悅來，這是無論如何藏不住的。愛情使粗人變細了，虛竹從鍾靈臉上的表情，斷定出她不是夢姑。夢姑在哪裡呢？當下他的心裡驀然一動：「到西夏去，我……我和夢姑，是在西夏靈州皇宮的冰窖之中相會的，夢姑此刻說不定還在靈州，三弟既不肯說她住在哪裡，我何不到西夏去打聽打聽？」

在性愛的問題上，普通人角色和出家人角色的矛盾，經過起伏跌宕的鬥爭，虛竹終於衝破了佛教某些戒律的桎梏，爲人性的正常發展，開拓了幸福的天地。

但是，虛竹突破的只是佛教某些戒律的限制，並非是大慈大悲、普渡衆生這一佛教倫理理想的主旨。在遵奉這一主旨的事情上，虛竹是做得相當出色的。因此我們說，他始終是佛教虔誠的信徒。

即使在他被逐出少林寺後，仍是依佛法行事，甚至突發奇想：「如來當年在王舍靈鷲山說法，靈鷲二字，原與佛法有緣。總有一日，我要將靈鷲宮改作了靈鷲寺，教那些婆婆、嫂子、姑娘們都做尼姑。」蕭峰聽後仰天大笑，說道：「和尚寺中住的都是尼姑，那確是天下奇聞。」這個笑話，也從一方面說明了虛竹對佛教的虔誠。

前面說過，每個人是多種角色身分集合的角色叢。而在角色叢中，每種角色身分並非是等量齊觀、平分秋色的。在虛竹身上，佛教徒這一角色雖非是唯一的，但依然是主導的。爲何這樣說呢？因爲他所做的一些重大的事情，如救段延慶、救童姥、救段譽、救蕭峰以及解除多人身上的生死符等等，都是從佛教倫理理想主旨——大慈大悲、普渡衆生出發的。

三人比較

虛竹和蕭峰、段譽三人在《天龍八部》中猶如三足鼎立，撐起了一座民族精神的大廈。他們三人既各有其獨立性，又有相近和相通之處，不然他們怎能義結金蘭呢？

首先，他們都有菩薩心腸。

虛竹是以普渡衆生爲志的。當自己的利益和衆生的利益發生衝突的時候，寧願犧牲前者去成就後者。蕭峰也是如此，慕容博企圖用一族之功利和一人之富貴爲誘餌，挑唆蕭峰並聯絡吐番、西夏、大理與他一起瓜分大宋。蕭峰義正辭嚴予以拒絕：「你可曾見邊關之上宋遼相互仇殺的慘狀？可曾見過宋人遼人妻離子散、家破人亡的情景？」他越說氣越盛、話越響：「兵兇戰危，世間豈有必勝之事？……咱們打一個血流成河，屍骨如山，卻讓你慕容氏來乘機興復燕國。我對大遼盡忠報國，是在保土安民，而不是爲了一己的榮華富貴，因而殺人取地、建立功業。」一位無名老僧在窗外聽見蕭峰的話後，大加讚賞：「善哉，善哉！蕭居士宅心仁厚，如此以天下蒼生爲念，當眞是菩薩心腸。」

這裡與其說蕭峰「以天下蒼生爲念」是佛家思想，不如說是與佛家思想相通的儒家思想。儒家提倡「仁」，仁的核心是「愛人」，不是愛少數人之愛，而是「泛愛衆」。能做到泛愛衆，也可說是就有菩薩心腸了。

段譽呢，是不是也和虛竹、蕭峰一樣也具有菩薩心腸？我們只要看一件事就夠了。烏老大將縹緲峰的一個八、九歲女童捉來，要以她祭刀。段譽此時大聲叫道：「這個使不得，大大的使不得。」段譽請慕容復制止，慕容復以「咱們是外人」爲由，不予理睬。段譽激動得很，又叫道：「大丈夫路見不平，豈能眼開眼閉，視而不見？王姑娘，妳就算罵我，我也是要去救她的了，只不過……只不過我段譽手無縛雞之力，要救這小姑娘的性命，卻有點難以辦到。喂，喂，鄧兄，公冶兄，你們怎麼不動手？包兄、風兄，我衝上去救人，你們隨後接應如何？」這些人聽了段譽的請求卻漠然視之，良心眞是叫狗吃了。聽其言，觀其行，段譽也和另兩位結拜兄弟一樣，都有難能可貴的菩薩心腸。

儒道佛互補，是他們三兄弟的又一特點。儒道佛互補是中華民族文化的主流。這個互補也各以不同的特點和方式體現在他們的身上。

虛竹以佛爲主，兼有道、儒。虛竹是佛家弟子，但學的是道家的武功。作品寫虛竹和丁春秋交手是這樣寫的：「一個童顏白髮，宛如神仙，一個僧袖飄飄，泠若御風。兩人都是一沾即走，當眞便似一對花間蝴蝶，蹁躚不定，於這『逍遙』二字發揮到了淋漓盡致。」虛竹不僅外在武功是道家的，外在身分又是道家逍遙派掌門，內在精神也有一部分是道家的，如淡泊名利。而虛竹對父母的孝心，對蕭峰、段譽把兄弟的俠義，又有儒家的鮮明影響。但虛竹精神世界的主要部分仍然是佛家的，有人將他歸之於道家，顯然只是從外在身分上看問題，並不符合整體的眞實狀況。

蕭峰的內心世界以儒為主，兼有佛的影響。他的父親蕭遠山和慕容博是一對仇敵。但他們為了自己報仇，隱伏少林寺中強練佛門武功，而又不以佛法為基，故功夫練得越深，自身受傷越重，結果一個陽氣過旺，一個陰氣太盛。無名老僧為化解他們的宿怨，一人一掌先令其假死作龜息之眠，然後叫他們四手相握，內息相應，以陰濟陽，以陽化陰。兩人由生到死，再由死到生走了一遍，同時睜開眼相對一笑，此非平常一笑，而是一笑泯恩仇，一笑兩相和。這正如無名老僧說的：「王霸雄圖，血海深仇，盡歸紅塵，消於無形！」包括人在內的一切有形的東西，都是因緣和合而生，故為幻有、假有，消失之前就是空，消失之後更是空。蕭峰從無名老僧的話語和兩位前輩仇怨的化解中，受到佛法的啓迪，放棄了報仇的打算。這至少可以說，佛法的一部分已經深深滲入到他的精神世界去了。

段譽的精神世界是以佛為主，而兼及道和儒。段正明將大理皇位禪讓給段譽時說：「你天性仁厚，對百姓是不會暴虐的。」仁厚，就是仁愛寬厚，將儒家的愛人和佛家的慈悲結合起來了。段譽對於個人功利並不留戀，這有道家的影響，例如，他只鍾情王語嫣，而對西夏駙馬的位置並不傾心。無奈之中作了大理皇帝，他對蕭峰說：「小弟糊裡糊塗，望之不似人君，哪裡有點皇帝的味道？」這說明他對於萬人之上的皇帝也不大放在眼裡。

虛竹、蕭峰、段譽三人義結金蘭，從一定意義來說，象徵了中華民族一體的多元性和多元的一體性。

他們三人與漢族的民衆和土地都有著非常親密的關係。虛竹雖作了西夏駙馬，但他仍兼漢族逍遙派掌門人和靈鷲宮主人。蕭峰的父母雖爲契丹人，但他的養父母卻爲漢人。蕭峰先爲漢族的丐幫幫主，後爲遼國南院大王，他最後的自殺，實是爲宋、遼的和睦相處而獻身。段譽雖爲大理人，但他癡心追求的王語嫣卻爲道道地地的漢族姑娘。中華各民族歷史上雖有不少矛盾衝突，但交流、合作、融和始終是各民族發展的主流。虛竹、蕭峰、段譽三兄弟的友誼，可說是民族團結的象徵。

虛竹、蕭峰、段譽三兄弟，在關鍵場所、危急時刻總是相互鼓勵、相互支援，珍重結義之情。虛竹和蕭峰救過段譽，虛竹和段譽又救過蕭峰。救人者從不以恩人自居，而是視爲自己的份內之事，若言感謝之類的話語，那反而是見外了。

他們三人從不以自我爲中心，要他人圍著自己轉，而總是善於站在他人的角度，設身處地爲他人著想。

虛竹和段譽在靈鷲宮對飲時，雙方都誤以爲他們思戀的對象是同一位佳人，他們不僅沒有常人常有的爭風吃醋、明爭暗鬥的現象，反而惺惺相惜，相互寬慰，這種眞誠的友情實爲難得。虛竹到靈州，一方面是爲了尋找心中的「夢姑」，另一方面是幫把弟段譽將西夏公主娶回來。但西夏國王招駙馬，實爲西夏公主藉機尋覓「夢郎」的活動。結果想娶西夏公主的明爭暗鬥，個個落空，倒讓虛竹「不勞而獲」。虛竹給段譽的短箋上寫道：「眞是對你不起，對段老伯又失信了，不過沒有法子。」

他們三人在性情上也都有俠骨柔腸。

虛竹一向樂於救人苦難，施救時又是天不怕地不怕，而對女性則不僅溫和，且膽子極小。靈鷲宮梅蘭竹菊四姊妹給他梳洗，他嚇得不敢作聲，臉色慘白。他和夢姑相處時，初始也是想起身避開，生怕傷害了對方。

蕭峰的英雄俠骨同樣有生動感人的顯現。早先，阿朱不過是蕭峰邂逅相遇的一個小丫頭，談不上有什麼交情。但蕭峰爲了阿朱治病，要到聚賢莊找神醫薛慕華。其時聚賢莊上已會合了許多英雄好漢，準備對付蕭峰。蕭峰事先早有所聞，但爲救人決心獨闖龍潭虎穴。進莊後，阿朱見蕭峰孤身陷入重圍，哭叫著要他快自逃跑，不要管她。但蕭峰本著「大丈夫救人當救徹」的俠義精神依然留下不走。不久，阿朱眞氣衰微，奄奄一息，此時她仍牽掛著蕭峰：「我不成了，你別理我，快……快自己去罷！」蕭峰說什麼呢？他大聲道：「事到如今，他們也絕不容妳活了，咱們死在一起便是。」以後，蕭峰和阿朱逐步產生了戀情。阿朱，以她的傑出智慧和女性柔情，爲蕭峰撫平了精神上的創傷，解開了心靈上的死結。蕭峰一生鍾情的，只有這一個外秀內慧、亦師亦友的女性。蕭峰不愼打死阿朱後，雖對她的親妹妹關懷備至，但這不過是他對阿朱感情的一種延續和補償。阿紫是相當喜歡蕭峰的，爲獲得他的愛情，她使出過許多天眞的心計，但蕭峰的心巢始終只讓阿朱長駐，不肯爲阿紫騰挪半分地方。他對阿紫的無情，正是對阿朱深情的顯現。

段譽武功笨拙，但是好管閒事，好打抱不平，天生一副俠義心腸。他看到女童（即童姥）有難，先勸別人出手相救，後又自己動手。少室山上，他見上千武士要擊殺蕭峰，一股俠義之氣鼓盪著他的全身，他說：「今日大哥有難，兄弟焉能苟且偷生？」沒有什麼高超武功的人，能有如此錚錚俠骨也委實不易了。但另一方面，他又顯示了另一個段譽，如醉如癡追求著王語嫣，如影隨形跟定了王語嫣，雖然受盡了委屈，出盡了洋相，但依然不改初衷。

俠骨和柔腸，既是兩種性情，也是豐富多彩的兩種生活。缺少哪一方面，他們的性情就會是偏執的，他們的生活就會是片面的。同時，俠骨和柔腸這兩方面又是相互滲透、相互轉化的。因爲無論是俠骨也好，柔腸也好，都是對人的愛心的體現。因此，虛竹、蕭峰、段譽對女性之愛，既是對女性又是超越了女性對人的愛，對人的生活的愛。他們所愛的女性，不僅僅只有性，也不僅僅只有如花的面容、姣好的身段、優雅的舉止、溫柔的性情和善良的心地，她們同時，不，應該說她們首先是人，有人的尊嚴、人的情感、人的需要、人的理想，即有人的不可小覷的高貴價值和超越境界。

無論是虛竹也好、蕭峰也好、段譽也好，對於女性，特別是對其心愛的女性，首先是將她們當作人，當作和自己一樣的人看待的。在冰窖那樣特殊的環境裡，虛竹和少女結合之前，他有兩次全身心發抖的顫聲，在這失魂落魄的顫聲中，既有喜愛和探詢，更有對對方的尊重和敬仰。如果只是喜歡而無尊重，那麼喜歡女性和喜歡物品也就失去了分別。而沒有對女性人格的尊重，所謂對女性的喜歡，實際上是對女性輕薄的玩弄。

虛竹等三兄弟對戀人的鍾情，不僅是將戀人當人看，當伴侶看，而且還將戀人當作夢幻、象徵、寓言、精神支柱和理想追求來看。他們的鍾情，實際已成了對夢幻、象徵、寓言、精神支柱和理想追求的鍾情。虛竹所在靈鷲宮，有幾百個年輕漂亮而又溫柔體貼的女子，例如梅蘭竹菊四姝。虛竹在與「夢姑」長期斷絕音訊的情況下，爲何不從其中找一位呢，何況虛竹對她們的女性之美，也不乏感應和體驗。段譽雖然深深摯愛著王語嫣，但爲了她的幸福，他一度曾催促慕容復與她結合。他對王語嫣的愛，在相當長的一段時間裡，只是一種純粹的精神之愛。

蕭峰更有純粹的精神之愛的特點，他在將他的愛（男女之愛）交付阿朱後，其他任何女性都在他的面前失去了鮮豔的色澤。眞正意義上的愛情，既有性的因素，又遠遠超越了性，是和詩、和畫、和夢結合在一起的，達到了理想的審美境界。不理解這一點，就無法理解虛竹三兄弟愛情的精蘊。當然，對於時下將一切實用化、商品化、世俗化的不少人來說，不僅不懂得愛情的審美性質和超越境界，反而對之加以嘲諷，也是不足為奇的。

胸無城府是虛竹、蕭峰、段譽三兄弟的又一相似之處，也是他們義結金蘭的重要因素。蕭峰雖世俗經驗豐富，但光風霽月、樸實坦率，因此他的私交，不願與為人謹愼、沈默寡言、城府很深的人結友，例如陳長老和馬副幫主。蕭峰最後的悲劇，與他胸無城府的性格特點有著直接的關係，這不僅是蕭峰的不幸，更是社會和時代的不幸。待人處事，如果需要絞盡腦汁，費盡心機，層層設防，步步為營，那個社會、那個時代還是正常的、健康的嗎？

如果說胸無城府給蕭峰帶來的是悲劇（蕭峰悲劇的形成尚有多種原因），那麼給虛竹和段譽帶來的則是苦盡甘來的幸福。他們二人天眞可愛，有如孩提，虛竹假若不是實話實說，又怎能在三問三答中讓西夏公主發現自己，從而讓眾多競爭者當了竹籃打水一場空的陪客。慕容復是段譽的情敵，但段譽對他卻毫無敵意，反而勸他不要去爭作駙馬，及早和王語嫣完婚，使她得到幸福。這種心地無私的坦誠，實爲難得。

對人寬容大度，也是三兄弟修養的一個重要特點。靈鷲宮中，虛竹爲表明沒有私藏童姥的臨終遺言，任由他人搜身，這種以團結爲重的寬容大度，一般人是很難做到的。蕭峰位居丐幫幫主，待人處事更是沒有話說。丐幫四長老在他人煽動下，反叛幫主，按丐幫幫規來說，罪應處死。但丐幫幫規之中有這麼一條：「本幫弟子犯規，不得輕赦，幫主欲加寬容，亦須自流鮮血，以洗滌其罪。」於是蕭峰寬恕一人，便往自己肩上插一刀。蕭峰用自己的血，洗去他人的罪孽，這種領袖風範，世上少有。段譽的寬容大度之風采，也堪與虛竹、蕭峰相當。慕容復以爲段譽要和他爭作西夏駙馬，便將段譽投入井中，後來段譽出來之後，並未向慕容復復仇。

寬容大度不是任何人都能做到的，特別是對陷害過自己的人、背叛過自己的人。但有菩薩心腸的人，以蒼生爲念的人，卻可自然而然的做到，而不必經過內心反覆的掂量、激烈的鬥爭。

虛竹三兄弟，既然是兄弟，總有相似、相通之處，不然是不可能義結金蘭的。但是世界上沒有兩片相同的樹葉，也沒有兩粒相同的沙子，何況是人呢。

三人性情上是有明顯差異的。虛竹是憨樸，段譽是癡誠，蕭峰則是豪邁。當然，這只是就他們性情中的主導面而言的，不能說虛竹和段譽的性情中就沒有豪邁的氣概。孔子說：「君子和而不同，小人同而不和。」（《論語．子路》）如果全面地說，君子之和是有同也有不同的。完全不同，沒有共同的語言，就無從溝通，更談不上做朋友；完全相同，一種聲音，一個調子，那或是暮氣沈沈沒有任何生機的一潭死水；或是小人之間爲一時之利益而暫時結盟，其結果終究是面和心不和的。

「虛竹」釋義

虛竹這個名字看來還有一些文章可做，從實的方面說：「靈、玄、慧、虛」的輩份是少林派第三十四代至第三十七代弟子，虛竹屬於第三十七代。

從虛實之虛的方面而言，這個虛字就不那麼簡單了，包含有豐富的意蘊，這也可以說是多元一體，一體多元。

首先，虛字包含著佛教的「空」觀。虛竹在靈鷲宮中對各洞島主所說的「人生如夢幻泡影」的這種「空」觀與《紅樓夢》中的「好了歌」是一樣的。

虛竹之虛，也有心靈空虛的意思。莊子說：「虛室生白」（《莊子．人間世》），虛室，空室，指心靈；白，指道。這是說，只有心靈空虛，才能悟道。莊子此說與禪宗的「明心見性」有相通之處。心靈怎樣才能空虛起來呢？一個人的心靈如果被名利欲、權勢欲、金錢欲塞得滿滿的，還能空虛嗎？以上種種，在虛竹的心靈中，是連立錐之地都沒有的。莊子說，只有心靈空虛的人才可以悟道，這是很有見解的。但是心靈空虛並非心靈空白，虛竹的心靈既空虛又充實。他的心靈裝的是包容天地的慈悲之心，普渡衆生之志，這還不充實嗎？只有心靈空虛的人，才能充實得起來。

虛竹之虛，也是虛懷若谷之虛，因此他能讓人、容人。他一出場，就讓了包不同、風波惡。連童姥那樣性情乖戾的人，他都能與之相處幾個月。靈鷲宮中他化解重重宿怨，更是委實不易。

虛竹之虛，還是人身經絡穴位通暢之空虛。有空虛，有空隙，氣血才能通暢和順。經，有路徑的意思；絡，有網路的意思。人體經絡，就是全身氣血往來循行的通道。經是大的通道，絡是小的通道。它內連五臟六腑，外通關節皮毛，將臟腑機體連成爲統一的機體。人的經絡系統，包括十二經脈、奇經八脈、十二經別、十五絡脈，及其周邊所聯繫的十二經筋和十二皮部。經絡有運行氣血、協調陰陽的功能，《靈樞．經脈》篇說：「經脈者，所以決死生，處百病，調虛實，不可不通。」這裡強調的是要能「通」。

穴位，是經絡中的孔穴、穴道。穴本身就是空隙的意思，是經絡中的某個點，或是此一經絡與彼一經絡的交會處。全身經內穴位有三百六十多個，經外奇穴也有幾百個。穴位本身就是空隙，所以更要強調「通」。

人體的經絡穴位有了空隙，氣血才能通循有方，運行自如。虛竹之所以能融合三大高手的武功內力，就在於他氣血通暢；他之所以脾性甚好，胸襟開闊，能容人、讓人、助人，也與氣血通暢有關。一個氣血通暢的人，不僅生理上沒什麼病痛（故有「通則不痛，痛則不通」之說），而且心理上也相當和順，容易與人相處。所以一個人生理上、心理上的內在空間通暢了，也容易與外在空間（人文空間、自然空間）相交融、相協調，在整個身心上形成天人合一的自然感應。

人的生理和心理是相互作用的。虛竹因爲長懷慈悲之心，常抱普渡衆生之態，所以他的心理上、精神上沒有什麼阻滯，說得俗一點，就是沒有什麼個人煩惱，沒有什麼想不通的地方。心理上、精神上的健康開朗，自然就會對經絡穴位的通暢產生重要的影響。反之，經絡穴位的暢通，也會使心理上、精神上和順、開朗，沒有什麼偏執之症。

說了「虛」之後，該說說「竹」了。關於「竹」的詩畫，中國古代藝術作品中甚多。這裡摘了幾首與虛竹人品有關的幾首竹之詩（部分）：

「露滌鉛華節，風搖青玉枝。依依似君子，無地不相宜。」（劉禹錫〈庭竹〉）

「高人必愛竹，寄雲良有以。峻節可臨戎，虛心宜待士。」（劉禹錫〈令孤相公見予贈竹二十韻仍命繼和〉）

「常愛凌寒竹，堅貞可喻人；……冉冉猶全節，青青尚有筠；陶鈞二儀內，柯葉四時春；待風花仍吐，停霜色更新。方持不易操，對此欲觀身。」（李程〈賦得竹箭有筠〉）

「遊絲掛處漁竿去，綠水夾時龍影來，風觸有聲含六律，露沾如洗絕塵埃。」（徐夤〈竹〉）

「山色不隨春老，竹枝長向人新。」（吳儆〈西江月〉）

「去歲辟地栽新竹，枝葉離披覆茅屋，竹梢枯勁竿清瘦，久久可以醫吾俗。」

（蔣廷錫〈題小顛墨竹〉）

「咬定青山不放鬆，立根原在破岩中，千磨萬擊還堅勁，任爾東西南北風。」

（鄭燮〈竹石〉）

「一節復一節，千枝攢萬葉，我自不開花，免撩蜂與蝶。」（鄭燮〈竹〉）

以上幾首竹之詩，說明竹的人文屬性（竹的人文屬性是主體和客體交融形成的，並因不同情境而異）是多樣的。竹和虛竹的對應聯繫，有幾點可以提出來：

一是竹有「露沾如洗絕塵埃」的清淨之性。這也可以說是虛竹的清淨的本心、本性。

二是竹有「可以醫吾俗」的清剛之氣。虛竹雖由出家人變成了俗子，但又毫無庸俗、鄙俗之氣。

三是竹有「咬定青山」、「堅貞」、「不易操」的堅強意志。虛竹普渡衆生的意志是堅定的，如果要在普渡衆生和他最心愛的「夢姑」之間二擇其一的話，他會毫不遲疑的選擇前者。

四是竹有「無地不相宜」、「虛心宜待士」的適應性。虛竹也是如此，他就好比是一顆種子，只要有土就會發芽生長。

五是竹有「免撩蜂和蝶」的品德。虛竹生活在數百個年輕的女性之中，且又爲她們的上屬，但他始終潔身自愛。

六是竹有「千枝攢萬葉」、「長向人新」的風采。看虛竹不能只看到他是一個佛教徒，這只是他的一個角色、一個側面，他的精神世界也有千枝萬葉的複雜性和豐富性。

附錄 虛竹大事紀表

虛竹係少林寺方丈玄慈和葉二娘的私生子。

契丹人蕭遠山因自己的兒子蕭峰從小被人奪去，由他人收養並由少林僧授其一身武藝，使父子無從享受天倫之樂，於是他對當年伏擊他全家的「帶頭大哥」少林寺方丈玄慈實施報復，將他一歲左右的兒子虛竹從葉二娘那裡搶去，放在少林寺的菜園之中，讓少林僧將他扶養長大，授他一身武藝，也使他們父子、母子不得相認。

二十五、六歲時，第一次走出少室山，受師父慧輪所託送發恭請天下英雄駕臨少林寺的「英雄帖」。「英雄帖」的主要內容是，相會姑蘇慕容氏，以睹其「以彼之道，還施彼身」的功夫。

參與蘇星河主邀的棋會。段延慶欲破解「珍瓏」（即圍棋的難題），但越走越偏，丁春秋藉機對其施以幻術，誘其自盡。為救人，虛竹隨意下了自殺性的一子，反而打開了局面，後在段延慶暗中指引下終於破解了困擾不少智者幾十年的珍瓏難題。

逍遙派祖師無崖子將七十餘年的深厚功力傳付於虛竹，並要虛竹繼承他作該派掌門人。

三十六洞洞主、七十二島島主因不堪靈鷲宮主人童姥的虐待，群起反叛將其擒下，並欲以其祭刀。虛竹將童姥從刀下救出。又逢童姥同門師妹李秋水的沿途追殺，虛竹負童姥藏匿於西夏皇宮冰窖內。童姥強迫虛竹修習武功。

黑暗的冰窖內，虛竹和西夏公主經歷了亦眞亦幻的三日恩愛。

在童姥和李秋水同歸於盡的死拚中兩不相助，並於無意中接受了童、李二人的內力。

勉強接受童姥的臨終囑咐，做了靈鷲宮的新主人。

化解靈鷲宮和三十六洞主、七十二島主多年的仇怨，並爲後者大部分人拔除毒性甚大的「生死符」。

在靈鷲宮中，與段譽結爲把兄弟。

返回少林寺，在戒律院受盡折磨，仍甘心領受。

胡僧鳩摩智恃其武藝高超在少林寺大逞威風，不僅將玄渡高僧打傷，並口出狂言要少林寺自行解散。虛竹奉玄慈之命與鳩摩智過招。鳩摩智見難取勝，用匕首將虛竹刺傷。靈鷲宮四姊妹來援，虛竹叫她們休傷他性命。

將下山送帖到成爲靈鷲宮主人的種種奇巧經歷，向玄慈等高僧一一交待清楚，痛哭懺悔。玄慈作出了處罰虛竹破門出奪的決定。

丐幫幫主莊聚賢受全冠清操縱，欲恃武功擊敗少林以己爲中原武林盟主，於是廣發英雄帖，聯絡群英同赴少室山。其時蕭峰爲尋陷於丐幫的阿紫亦來少林。群英爲聚賢莊一戰的冤仇圍攻蕭峰。虛竹與段譽毅然相助，並在群英之前與蕭峰舉行義結金蘭的補拜儀式。

虛竹出寺受杖時，葉二娘發現了虛竹腰背之間燒有九點香疤，又得知他的兩股亦各有九點香疤，確認了虛竹是她失散二十四年之久的兒子。蕭遠山爲復仇揭出虛竹爲玄慈和葉二娘私通所生的眞相。玄慈被迫承認，在虛竹受仗之後，他決定加倍處罰自己，並在杖責之後自絕經脈而死。葉二娘亦在玄慈旁自盡身亡。

西夏國王出榜招駙馬，虛竹和蕭峰、段譽同行。在三問三答中，虛竹和西夏公主相認。

虛竹率靈鷲宮諸女以及三十六洞、七十二島的異士與各路英豪赴遼，援救因反對遼帝侵宋而受迫害的蕭峰，接著又在遼軍大舉犯宋的千軍萬馬中與段譽一起生擒遼帝。蕭峰迫遼帝折箭爲誓：永不侵犯大宋邊界。

蕭峰因內心衝突無法解決而自殺，虛竹和段譽放聲大哭，拜倒於地。

虛竹的人生哲學 武俠人生叢書 08

著　　者／黎山嶢
出 版 者／生智文化事業有限公司
發 行 人／林新倫
執行編輯／晏華璞
美術編輯／周淑惠
登 記 證／局版北市業字第677號
地　　址／台北市新生南路三段88號5樓之6
電　　話／(02)2366-0309　2366-0313
傳　　眞／(02)2366-0310
E-mail／book3@ycrc.com.tw
網　　址／http://www.ycrc.com.tw
郵撥帳號／14534976
戶　　名／揚智文化事業股份有限公司
印　　刷／鼎易印刷事業股份有限公司
法律顧問／北辰著作權事務所　蕭雄淋律師
初版一刷／2002年9月
定　　價／新台幣250元
ＩＳＢＮ／957-818-410-7

總 經 銷／揚智文化事業股份有限公司
地　　址／台北市新生南路三段88號5樓之6
電　　話／(02)2366-0309　2366-0313
傳　　眞／(02)2366-0310

國家圖書館出版品預行編目資料

虛竹的人生哲學 / 黎山嶢著.-- 初版. -- 台北市：生智, 2002 [民91]

面； 公分. --（武俠人生叢書；8）

ISBN 957-818-410-7（平裝）

1. 金庸 - 作品研究 2. 武俠小說 - 評論

857.9 91010146